패
왕
의

별

패왕의 별

1판 1쇄 찍음 2017년 11월 21일
1판 1쇄 펴냄 2017년 11월 28일

지은이 | 강호풍
펴낸이 | 정 필
펴낸곳 | 도서출판 **뿔미디어**

편집장 | 문정흠
기획 · 편집 | 한관희

출판등록 | 2002년 9월 11일 (제081-1-132호)
주소 | 경기도 부천시 원미구 소향로 17번길(두성프라자) 303호 (우) 14544
전화 | (032)651-6513 / 팩스 032)651-6094
E-mail | bbulmedia@hanmail.net
비북스 | http://www.b-books.co.kr

값 8,000원

ISBN 979-11-315-8456-9 04810
ISBN 979-11-315-2568-5 04810 (세트)

패왕의 별

3부

26

강호풍 신무협 장편 소설

뿔미디어

목차

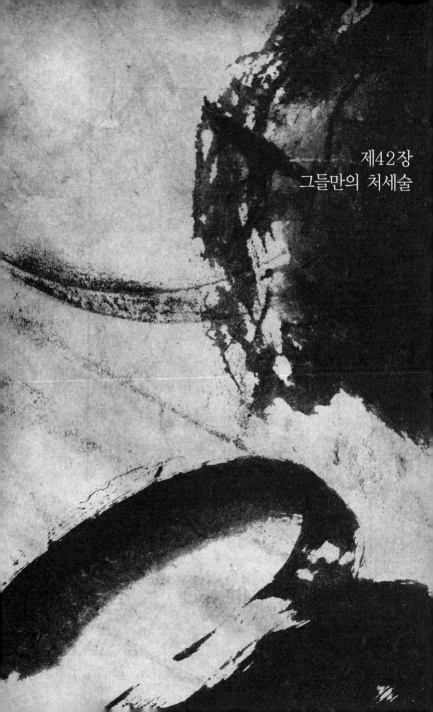

제42장
그들만의 처세술

1

무당산 천주봉(天柱峰) 정상에 세워진 금전(金殿)의 지붕에 저녁노을이 내려앉았다. 금전의 금빛 기와에 붉은 노을이 겹치면서 신묘한 장면이 연출되었다.

빛바랜 득라 차림의 대춧빛 안색을 가진 노인은 금전의 지붕을 한참 바라보다가 사위가 어두워지는 것을 느끼며 뒤돌아섰다.

천주봉 아래로 펼쳐진 전각들뿐만 아니라 숲 여기저기에서 화톳불이 켜졌다. 그 불빛은 산 아래까지 이어지며 점점 번져 나갔다.

밤을 준비하는 시간.

이만여 명이 모여 있는 무당산의 밤은 늘어가는 불빛들로 변신을 거듭했다. 노인은 그런 모습이 괴물과 닮았다는 느낌을 받았다. 어둠이란 몸을 가진 괴물이 무수한 눈을 뜨는 것처럼 생각된 것이다.

"후우우, 심신이 피곤하니 사념이 스며드는가?"

혼잣말을 하며 쓴웃음을 머금은 그는 시야를 더 멀리 두었다.

산 아래 펼쳐진 평야로 땅거미가 짙어져 있었다.

평야 중간중간에 자리한 야산들이 홀로, 혹은 서로 겹쳐지며 섬처럼 보였다. 노인의 시선이 계속 나아가 먼 곳까지 이르자, 이곳 무당산처럼 일렁이는 불빛들로 가득한 곳이 있었다.

바로 마교의 진영.

마교도들이 저 멀리 자리 잡을 때만 해도 전투가 코앞이라 여겼다. 그러나 보름이 지나고 달포가 되어 가는데도 저들은 그 자리에서 꼼짝도 하지 않았다.

그것이 자신뿐만 아니라 정파인들의 심신을 지치게 만들었다.

엎친 데 덮친 격이라고 해야 할까.

식량을 지원하던 천하상회의 발길이 열흘 전에 끊겼다. 공급과 수요가 꼬인 일시적인 문제로 곧 지원을 재개한다고 약속했지만, 아직까지 깜깜무소식이었다.

아직 식량 상황을 걱정할 단계는 아니지만, 뭔가 흘러가는 상황이 자꾸 꼬이는 것 같은 느낌이 들었다.

어쨌든 그럼에도 불구하고 정파의 사기는 꽤 괜찮은 편이었다.

이곳은 정파의 중추 세력들 중 상당수가 몰려 있고, 그 세력들의 수뇌부는 나름 각자의 지역에서 패자(覇者)라 불리는 효웅들이 아닌가!

어느새 옅게 남아 있던 빛의 자취마저 사라지고 완전한 밤이 되었다.

망부석처럼 서 있던 노인을 향해 매부리코를 가진 중년 도사가 다가왔다. 무당 도복을 입고 있는 그는 꽤나 급하게 산을 올라왔는지 얼굴에 땀이 범벅이었다.

"장문인, 여기 계셨군요. 다들 자소전(紫霄殿)에서 회의를 하고 있습니다."

노인의 정체는 화산 장문인인 자검 진인으로, 얼마 전까지 살아 있던 무당 장문인, 무당검선과 함께 정파무림에서 가장 배분이 높은 큰 어른이었다.

그런데 무당검선이 정파의 배신자인 취존을 잡으려다 오히려 죽는 사태가 벌어졌다.

그것도 무당의 최고수들과 함께.

마교와의 일전을 앞두고 사기를 진작시키는 동시에, 이 곳의 주인인 무당파의 위세를 과시하려던 계획이 오히려 재앙이 되어버린 것이다.

이 사건으로 인해 왈가왈부, 뒷말들이 무성했다.

무당파가 공을 세우기 위해 다른 문파를 제외하고 독단 적으로 움직인 것을 탓하는 사람들과, 지금은 위로를 해 야 할 때라면서 무당파를 비난하는 사람들을 질책하는 이 들로.

어쨌든 그 예상치 못한 사태로 인해 자검 진인의 역할 이 더욱 중요해졌다.

정파무림에서의 배분이 가장 높은, 유일한 인물이 되었 으니까.

그리고 이런 흐름을 화산파의 제자들은 무척이나 반겼 다. 그러나 정작 자검 진인은 그 기대감을 거추장스러워 하고 힘겨워했다.

그는 카랑카랑하고 적극적인 무당검선과는 정반대로 소 심한 성격이었다.

애초에 정파가 이렇게 연전연패하고 최후의 결전을 앞 둔 상황까지 몰리지 않았다면, 그는 화산에서 조용히 검 술과 도를 공부하며 살다가 생을 마쳤을 인물이다.

자검 진인은 속으로 진작 장문인 자리에서 물러났어야

했다며 자책했지만, 언제나 후회는 늦는 법이었다.

매부리코 중년인은 자검 진인이 한숨만 쉬고 움직이지 않자 답답하다는 낯빛으로 다시 말했다.

"장문인, 어서 가시지요."

자검 진인은 그제야 시선을 무당 도사에게 옮기며 입을 열었다.

"가봐야……."

자검 진인은 말을 꺼내기 무섭게 입을 다물었다.

가봐야 난상토론만 하다가 결론을 내리지 못하고 끝날 회의라는 말을 이 도사에게 한다고 뭐가 달라지겠는가.

그러나 눈치 빠른 매부리코 도사는 자검 진인의 뒷말을 간파하고 말했다.

"장문인께서 중심을 잡아주셔야지요."

자소전의 수뇌부 회의에는 이백여 명이나 되는 사람들이 모인다. 작은 문파의 수장들을 배제함에도 그랬다.

그 수뇌부들이 각자의 입장을 가지고 매일같이 떠들어 댔다. 자신의 문파가 더 큰 공을 세워야 한다는 야심과 욕망이 뒤얽혀서 도무지 그 매듭을 풀 수 있는 묘책이 보이지 않았다.

이곳은 무당산.

똥개도 제집 앞에서는 크게 짖는다고, 무당파가 중심을

잡아줘야 하는데, 지금 무당파는 그럴 여력이나 경황이 없어 이런 상황이 더욱 악화되고 있었다.

매부리코 중년 도사가 거듭 재촉했다.

"큰 어르신께서 계셔야 사존과 오존도 경거망동하지 못합니다. 아니, 장문인께서 더 단호한 모습을 보여줄 필요가 있습니다. 지금은 전시(戰時)가 아닙니까?"

구심점을 잃은 무당의 도사들은 같은 도가 계열의 화산파와 가까워지려 애썼고, 그런 속내가 매부리코 도사의 표정과 말에서도 역력히 드러났다.

자검 진인은 쓴웃음을 깨물었다.

전시(戰時)라······.

맞는 말이다.

원래 이런 전시에는 무림맹이 중심을 잡고 정파를 지휘해야 한다. 그런데 무림맹이 사실상 와해된 상태라는 것이 문제였다.

정파의 역사 중 단 한 번도 없던 미증유의 사태.

상황이 이렇다 보니 모두가 야심을 노골적으로 드러냈다. 이곳에서, 그리고 이번 전투에서 주도권을 쥔 세력에서 패왕의 별이 탄생될 것임을 모두가 알고 있는 것이다.

자검 진인은 어쩔 수 없다는 듯이 발을 뗐다.

자소전을 향해 걷고 있는 그는 답답한 표정이었다.

"방법이 없는 것도 아닌데……."

그는 느릿느릿 걸으며 중얼거렸다. 꼬일 대로 꼬인 상황을 푸는 방법이 있긴 했다. 다들 말을 꺼내지 않아서 그렇지.

그 방법은 바로 마음을 비우는 것이다.

전쟁에서 누구보다 위험한 곳에서 싸우되, 승리 후에 어떤 보상도 바라지 않고 물러나겠다는 약속.

그 약속을 하는 문파에 분명 많은 사람들이 몰리게 될 것이고, 그 세력이 주도권을 가지고 정파인들을 마음껏 이끌 수 있게 될 것이다.

하지만 그 약속을 과연 누가 할 수 있겠는가.

당장 자검 진인도 마찬가지였다.

그는 사실 화산의 장로들이 있는 자리에서 이와 같은 속내를 밝힌 적이 있었다.

그러자 평소엔 공손한 모습을 보이던 후배들 대다수가 길길이 뛰며 반대했다.

화산파가 전설인 패왕의 별에 오를 수도 있는데, 그리만 된다면 죽어도 여한이 없을 거라는 장로들 앞에서 소심한 자검 진인은 결국 제 말을 철회할 수밖에 없었다.

복잡한 속내로 더욱 굳어진 얼굴인 자검 진인은 자소전이 자리한 자소궁에 들어섰다. 그러자 궁 안쪽의 자소전에서 격론을 벌이는 목소리들이 들려왔다.

"본 궁과 유운가, 진룡문이 야습을 하고 돌아오겠단 말이오."

"불가하오. 자칫 함정에 빠지거나 패배라도 하는 날에는 사기가 곤두박질칠 것이 빤하지 않소? 무당파의 전례를 잊은 것이오?"

"싸우기도 전에 패배를 말하다니! 무사답지 않소! 겁쟁이도 아니고."

"겁쟁이라니! 말 다 했소?"

총군사 제갈천의 목소리가 대화에 끼어들었다.

"기습은 신중히 결정해야 할 문제입니다. 또한 기습에 참가할 무사들은 강하고 날래야 하니……."

"총군사, 지금 그 발언은 심히 불쾌하오. 본 궁과 유운가, 그리고 진룡문을 우습게 여기는 것이오?"

"아, 아니, 그런 뜻이 아니라……."

"그렇게 사람을 볼 줄 모르니 계속 패한 거겠지."

제갈천이 발끈했다.

"철 궁주님, 말씀이 과하십니다!"

"내가 틀린 말 했소? 멍청한 검황 탓으로 지난 패배의 책임을 돌린다고 총군사의 책임이 완전히 없어지는 것은 아니외다."

그때, 한 여인이 다른 화제를 꺼내들었다.

"지금 이런 말씀을 드리기는 죄송한데, 문파마다 제공되는 식사의 질과 양이 많이 다르다는 얘기가 있습니다."

"그런 얘기는 나중에 합시다. 중요한 얘기를 하고 있는 마당에…… 쯧쯧."

질책을 받은 여인이 성을 내며 목소리를 높였다.

"세상에서 가장 치사한 것이 먹는 것으로 차별하는 겁니다. 그리고 이게 별것 아닌 문제로 보이십니까? 여러분께서는 큰 둑도 작은 균열 때문에 무너진다는 것을 정녕 모르십니까?"

몇몇 사람들이 여인의 주장에 동조하고 나섰다. 주로 이곳에 있는 수장 중 비교적 세력이 약한 문파들이었다.

하지만 그 주제는 곧 묻히고 천류영이 전서구로 보내 온 문제가 언급됐다.

"정말로 배교의 강시들이 아직도 건재한 걸까요?"

과한 억측이라는 주장과 가능성이 있다는 주장이 부딪쳤다. 또한 배교가 건재하다면 그들이 부리는 강시의 숫자는 얼마나 될까라는 논쟁이 시작됐다.

삼백 년 전, 배교의 강시들이 준동했을 때의 숫자가 일천 구였다. 그런데 빙봉 모용린이 작년에 제거한 숫자가 무려 이천오백 구.

정파인들은 배교에 강시가 남아 있어봤자 오백여 구 정도가 한계라고 여겼다. 그것도 꽤나 높게 쳐서 그렇게 결론을 내린 것이다.

만약 이곳에 천류영이 있었다면, 분명 최악의 상황을 가정해 보자고 말했을 것이다.

그러나 정파의 군웅들은 최악을 보지 않았다.

마교와의 전투에서 승리하고 난 후의 영광에 정신이 팔려 있었기 때문이다. 누군가가 최악을 얘기하면 겁쟁이로 몰릴 분위기였다.

사존이 불쑥 입을 열었다.

"무림서생의 말마따나 강시가 먼저 쳐들어오더라도…… 그 점에 관한 한, 전혀 신경 쓰지 않아도 좋소. 그것들은 나와 오존이 검강으로 쓸어버리면 될 테니까."

사존이 호언장담하자 강시 얘기는 쏙 들어갔다.

철궁과 유운가, 진룡문이 다시 야습을 하겠다고 주장하자 누군가가 호기롭게 입을 열었다.

"간 보듯이 야습을 해봐야 무슨 의미가 있겠소? 성공하더라도 약간의 피해를 주는 것에 그칠 터인데. 그냥 무림서생이 조언해 준 것처럼, 우리 모두 마교로 쳐들어가 전면전을 벌입시다."

그 말이 끝나기 무섭게 힐난이 쏟아졌다.

"병법의 기본도 모르는 주장이오. 승리할 수 있겠으나 우리의 피해도 걷잡을 수 없이 커질 것이 빤하지 않습니까?"

"동의합니다. 마교도들은 연전연승으로 사기가 높아요. 전면전은 가급적 피하는 것이 현명하다고 생각합니다."

제갈천 총군사가 입을 열었다.

"이미 결론이 난 얘기를 왜 다시 꺼내는지 모르겠군요. 마교도는 조만간에 우리를 향해 쳐들어올 겁니다. 그때, 우리는 유리한 지형을 등에 업고 수비에 힘쓰다가 저들이 제풀에 지쳐 물러날 때 총공세에 나서면…… 우리는 어렵지 않게 대승을 거둘 수 있습니다."

제갈천은 경험자로서 마교 고수들의 무서움을 늘어놓았다. 그리고 이번 전투의 중요성을 설파하며 신중해야 한다는 입장을 고수했다.

총군사를 미더워하지 않는 이들도 이 점에서는 대부분 동조했다. 그러나 일부는 겁쟁이라고 힐난해 회의실의 분위기가 험악해졌다.

그때, 뜬금없이 화산파의 장로가 공석인 무림맹주 자리 문제를 꺼내들었다.

"……하여, 이렇게 합의점을 찾지 못하는 가장 큰 원인은 모두를 대표하는 수장이 없기 때문이라고 생각하오.

그러니 정파의 가장 큰 어르신인 자검 진인께서 임시로나마 무림 맹주 자리를 맡아 우리를 이끌게 하면 어떻겠소?"

마치 기다렸다는 듯이 반대 의견이 폭포수처럼 쏟아졌다.

전(前) 무림맹주 검황의 경우처럼, 한 명의 수장이 잘못된 선택을 할 경우 큰 화를 입게 될 것이라는 주장부터 시작해서 지금은 배분보다 능력이 더 중요하다는 반론까지.

물론 진짜 속내는 이번 전투가 끝나면 모든 공이 화산파로 돌아갈 것을 경계하는 것이었다.

밤은 깊어갔고, 회의는 길어졌다.

그리고 자검 진인은 여전히 자소전 안으로 들어가지 않고 한숨만 삼켰다.

그는 전쟁이야말로 사람들의 욕망이 만들어낸, 괴물의 정점이란 것을 새삼 뼈저리게 느꼈다.

＊　　　　＊　　　　＊

무당산에서 제갈세가의 사람들이 머무르는 전각.

야심한 새벽, 총군사 제갈천의 처소에 세 사람이 방문

했다.

사존과 오존, 그리고 한때는 좌군사로서 위세를 떨쳤지만 지금은 직위도 잃고 조롱의 대상이 되어버린 목이내.

이 자리는 목이내에 의해 만들어졌다. 끈 떨어진 연 신세인 그의 말을 귀담아들어 줄 사람은 없었다. 그만큼 목이내는 추락한 상태였다.

하지만 제갈천은 그를 내치지 않고 휘하에 머무르게 했다. 그 이유는 간단했다.

목이내는 비원과 통하는 인물이기 때문이었다. 비록 비원이 황궁의 탈퇴와 십천백지의 몰락으로 해체된 것이나 진배없지만, 아직 천하상회는 건재했다.

황궁과 군부의 견제로 천하상회도 최근엔 숨을 죽이고 있는 모습이었다. 하지만 그렇다고 그들의 재물이 사라지는 건 아니다.

거부(巨富)는 결국 힘의 원천이며, 막강한 힘 자체이기도 했다. 천하상회는 언젠가 다시 본격적으로 활동을 시작할 것이고, 그때를 대비해 제갈천은 목이내를 보호하고 있는 것이었다.

목이내는 사존과 오존, 그리고 제갈천을 향해 말했다.

"오늘 회의에서도 모두들 잘하셨습니다."

목이내의 말에 세 사람이 쓴웃음을 머금었다.

수뇌부 회의가 갈팡질팡하는 가장 큰 이유는 서로의 욕망이 부딪쳤기 때문이다. 하지만 그것만으로는 부족했다. 혼란을 가중시키려면 적당히 양념을 치는 인물이 필요했다.

그리고 그 역할을 맡은 이들이 바로 사존과 오존, 그리고 제갈천이었다.

정파인들로부터 신뢰를 잃은 그들이었으나, 여전히 적지 않은 영향력이 있는 것도 사실이니까.

목이내는 자신의 앞에 놓인 차를 홀짝거린 뒤에 본론을 꺼냈다.

"이젠 결심이 서셨습니까? 오늘은 답을 주셔야 합니다. 거사일이 코앞이지 않습니까?"

사존과 오존의 낯빛엔 갈등과 고민의 기색이 역력했다. 그들이 쉬이 입을 열지 못하자 제갈천이 결연한 표정으로 말했다.

"하겠다."

그의 말에 목이내가 반색했다. 제갈천이 곧바로 말을 덧붙였다.

"대신!"

"말씀하십시오."

목이내는 전과 다르게 제갈천에게 아주 공손했다. 제갈

천이 자신을 보호해 준 이유도 있지만, 향후 제갈천의 입지가 자신보다 위일 것이기 때문이다.

"회주님의 약속을 문서로 작성하고……."

목이내가 난감한 얼굴로 이맛살을 찌푸렸다.

"총군사님, 그분의 성정을 아시지 않습니까? 모든 것을 믿음으로 진행하는 것을 원하십니다."

제갈천이 속으로 비웃었다.

신뢰가 아니라 증거를 남기기 싫어서겠지.

제갈천이 침묵하자 목이내가 설득했다.

"정파는 어떤 경우라도 최후의 승자가 될 수 없습니다. 총군사께서 상상하시는 것보다 마교와 배교의 저력이 대단합니다."

"……."

"몰락하는 정파란 난파선에서 지조를 지키며 죽어가실 겁니까? 제갈세가란 사문과 함께?"

"으음……."

"아니면 마교나 배교가 패왕의 별이 된 후에, 몰락한 정파의 패잔병들을 아우르며 그들을 사실상 지배하시겠습니까? 천하의 이인자로 우뚝 설 수 있는 기회입니다."

잠깐의 침묵.

그러나 제갈천이 계속 고민하는 표정을 짓자 목이내가

답답하다는 듯이 가슴을 치고 말했다.

"총군사님, 개인의 영달뿐만 아니라 가문의 흥망성쇠와도 관련된 중차대한 선택입니다. 총군사께서는 정녕 정파가 승리할 것이라 여기십니까? 혹여 승리하더라도 총군사님과 제갈세가는 몰락의 길을 피할 수 없습니다."

목이내가 아픈 곳을 찌르고 들어왔다.

제갈천은 군사 자격으로 회의에 꼬박꼬박 참석하고는 있지만, 예전과 같은 신뢰를 보이는 사람은 없었다.

목이내의 말마따나, 정파가 승리하고 그 과정에서 큰 공을 세우더라도 결코 옛날의 영광을 누리는 것은 불가능했다. 더 큰 문제는 정파가 승리할 가능성이 매우 희박하다는 점이었고.

"알고 있네. 하지만 회주께서 날 배신하면……."

그의 말을 목이내의 실소가 끊었다.

"푸훗, 아! 죄송합니다. 총군사께서 너무 잔머리를 굴리시는 것 같아서."

제갈천의 얼굴이 불쾌감으로 붉어졌다. 그가 짜증을 내기 전에 목이내가 먼저 말했다.

"생각해 보십시오. 이 전쟁이 끝난 후, 총군사님 말고 무너진 정파를 아우르는 그 중요한 역할을 어느 누가 감당할 수 있겠습니까? 천하에 그럴 역량을 갖춘 인물은…… 흐음, 무림서생 정도겠지요. 하지만 회주께서는 그를 대단히, 아주 많이 싫어하십니다. 이유는 아시는 것처럼 비원을 망가트린 놈이니까요."

"안다. 하지만……."

"총군사님, 제가 조언을 하나 하지요. 비원이 왜 총군사님보다 저를 중용했는지 아십니까? 승부를 걸 때는, 특히 회주님 같은 분께는 조건을 거는 것이 아닙니다. 모든 것을 맡겨야 합니다. 그래야 회주님의 신뢰를 더 받을 수 있습니다."

약자에게는 강한 모습으로 공포를 심어주고, 강자에게는 고개를 숙여 신뢰를 얻는다.

그들의 세상에서 현명하게 살아가는 처세술이었다.

2

제갈천은 입술을 꾹 깨물고 침묵하다가 고개를 끄덕였다.

"좋네, 자네 말대로 하지."

목이내가 함박 미소로 고개를 끄덕였다.

"현명한 결정을 하신 겁니다. 훗날 저도 잘 부탁드리겠습니다."

제갈천도 굳은 표정을 풀고 피식 웃었다.

목이내는 사존과 오존을 향해 고개를 돌리고 물었다.

"아직 결정하지 못하신 겁니까?"

사존이 깊은 한숨을 흘리더니 답했다.

"회주는 믿는다."

목이내의 눈에 흐릿한 이채가 스쳤다. 두 천존은 취존을 두려워하고 있는 것이었다.

목이내는 그들을 향해 부드럽게 말했다.

"천존, 결단만 하시면 취존도 예전처럼 우리와 한편입니다."

"하지만 그는 우리를 죽이려고 했지."

"상황이 바뀌지 않았습니까? 그때 취존은 정파의 우두머리 자리를 노리고 있었습니다. 그러나 지금은…… 다들 아시지 않습니까? 취존은 이제 정파와 같은 배를 탈 수 없다는 것을. 그는 정파의 주요 인물인 무림서생을 납치, 고문했을 뿐만 아니라 무당파의 장문인과 장로들까지 죽였습니다."

"……."

"머지않아 새로운 세상이 열립니다. 그 세상의 주축은 천하상회, 그리고 마교나 배교가 될 겁니다. 하하하, 새로운 비원이 탄생된다고 할 수 있겠지요."

오존이 중얼거리듯이 말했다.

"새로운 비원이라……."

"그 새로운 비원에서 풍족하게 누릴 것 누리고, 대접받을 것 받으면서 사셔야지요. 예전처럼요."

목이내는 품속에서 한 장의 서찰을 꺼내 내밀었다.

사존이 서찰을 받으며 물었다.

"이건 뭐지?"

"취존이 보낸 겁니다."

"……."

"열 명의 천존 중 셋밖에 남지 않았는데, 서로 다툴 이유가 없다는 약속입니다. 사실 취존께서 두 분 천존을 노린 이유는 일존의 흉계에 속았던 것인데, 그 일존이 죽었으니 서로 다툴 이유가 없다는 얘기지요."

"……."

"동시에 힘을 합쳐 십천백지를 재건하자며 간곡하게 청하는 내용입니다."

"십천백지를 재건하자?"

사존과 오존의 눈에 기광이 일렁였다. 목이내가 웃으면서 소리 죽여 말했다.

"또 누가 압니까? 마교나 배교가 패왕의 별에 오르더라도…… 몇 년 뒤에는 그 자리가 십천백지와 제갈세가의 차지가 될지……. 세상일이란 건 원래 한 치 앞을 모르는 것이잖습니까?"

"……!"

"회주님께서는 아주 큰 그림을 그리고 계십니다. 여러분도 회주님처럼 크고 멀리 보십시오. 힘이 있으면 어떤 것도 설득할 수 있습니다. 그분께서 말씀하시길, 일단 기회를 엿보며 힘과 세력을 모으고 마교나 배교의 뒤통수를 치는 것은 어떨까, 라고 하셨습니다."

제갈천이 기가 막힌다는 얼굴로 혀를 내둘렀다.

"허어!"

"마교나 배교? 그들이 패권을 쥔다 한들 세상이 인정할 것 같습니까? 물론 힘으로 계속 짓누르겠지만, 그만큼 반발하는 자들이 끊임없이 나오게 될 겁니다."

"……."

"훗날! 가짜 패왕의 별을 물리치고 노예나 다름없는 신세가 된 정파를 구한, 진짜 패왕의 별이 되십시오!"

사존과 오존, 그리고 제갈천의 눈이 욕망으로 번들거렸다.

오존이 식은 차를 입에 털어 넣듯이 다 마시고 목이내에게 물었다.

"한 가지 걸리는 점이 있다."

"말씀하십시오."

"전투가 시작되면 사존과 나, 그리고 제갈세가가 취할 입장이 난처해지지 않겠는가?"

사존이 고개를 끄덕이며 동의하는 표정을 지었다.

전투가 시작됐을 때, 아군인 정파를 배신하고 공격하는 문제는 결코 가벼운 것이 아니다.

이곳 무당산에는 무려 이만여 명이 몰려 있다.

정파가 패한다고 한들 이만 명 전원이 몰살당할 가능성은 없다고 봐야 한다.

적지 않은 이들이 살아서 도망가게 될 것이고, 그들 중에는 사존과 오존, 그리고 제갈세가의 움직임을 목격한 이들도 있을 것이다.

나중에 정파의 패잔병들을 아울러야 할 입장이니 몸조심을 해야만 한다.

그렇다고 정파의 편에 서서 마교나 배교와 적당히 싸우는 것도 쉽지 않았다.

목이내는 대꾸하지 않고 제갈천을 보았다.

사실 그 부분에 대해서는 목이내도 고민이 많았다. 그런데 회주가 보내온 사람이 말하길, 제갈천 총군사라면 해결책을 가지고 있을 것이라고 했다.

그 얘기인즉슨, 그 정도 문제를 스스로 헤쳐 나갈 능력이 없다면 제갈천도 필요 없다는 뜻이었다.

시선을 한 몸에 받은 제갈천이 담담하게 말했다.

"그건 묘책이 있습니다."

사존과 오존뿐만 아니라 목이내도 흥미로운 표정을 지었다.

제갈천은 계속 쥐고 있던 찻잔을 내려놓으며 말을 이었다.

"전투에서 빠지면 됩니다."

사존이 눈살을 찌푸리며 반박했다.

"누가 그걸 모르나? 그 방법이……."

제갈천이 사존의 말을 끊었다.

"적들이 침공할 때, 우리는 야습에 나서면 되지요."

"……!"

"요 며칠, 철궁과 유운가, 그리고 진룡문이 계속 야습을 하겠다고 주장하고 있습니다. 거기에 우리가 속죄의 의미로 합세하겠다고 하면 사람들도 시도해 볼 만하다고 여길 겁니다."

목이내가 환한 낯빛으로 손뼉을 쳤다.

"과연 총군사이십니다. 회주님께서도 그 정도의 문제는 총군사께서 알아서 처리할 거라고 하셨는데, 과연! 하하하하."

목이내가 웃고 사존과 오존도 묘책이라며 미소 지었다. 그러나 제갈천은 씁쓸한 표정을 지었다.

수백 년 정파의 기둥으로 살아온 제갈세가였다. 어찌 마음이 편할 수 있겠는가.

그 표정을 보고 속내를 간파한 오존이 말했다.

"무당산에 있는 정파인들 중, 우리가 배신한 것은 아무도 모를 것이네. 그럼 배신이 아니야."

목이내가 펄쩍 뛰며 고개를 저었다.

"배신이라니요? 제가 조금 전에 말씀드렸잖습니까? 어두운 혼란기를 거쳐 진짜 패왕의 별, 최후의 승자, 정파의 구원자가 될 것입니다. 배신이라니요? 가당치도 않은 말씀이십니다."

"……."

사존과 오존, 그리고 제갈천은 대꾸하지 않았다. 목이내의 주장이 궤변이라는 것을 잘 알기에.

자신들의 선택은 양심을 버리는 행위였다.

몰락을 피하고 살아남기 위해서, 영광의 자리를 도모하기 위해서.

하지만 이내 그 세 사람은 피식 웃고 고개를 주억거렸다.

살아남고, 영광의 자리를 차지해 부귀영화를 누리는

것. 사실 권력자들에게 그것보다 더 중요한 것이 뭐가 있 겠는가.

＊　　　　＊　　　　＊

분타로 돌아온 천류영은 좀처럼 깨어나지 못하고 오후 내내 시름시름 앓았다. 때문에 독고설은 속이 타들어 갔 다.

괜한 기연 욕심에 자신이 큰일을 저지른 건 아닌지 조 마조마했다.

그렇다고 분타의 사람들에게 사실을 밝힐 수도 없는 노 릇. 그저 아직 쾌차하지 않은 상태에서 강행군을 하다 보 니 몸살에 걸렸다고 둘러댔다.

천류영이 천마검과 만난 것을 알고 있는 사람들은 세 여인뿐이었다.

독고설과 모용린, 그리고 의원인 하유.

하유는 진맥을 하다 천류영의 몸속이 뜨거운 것을 확인 하고는 화들짝 놀랐다. 그래서 천류영의 몸을 이리저리 살피다가, 이 일이 천마검 때문이란 걸 듣고는 시큰둥해 졌다.

"난 또 내가 알 수 없는 무슨 후유증이라도 생긴 줄 알았네. 천마검이 손을 댄 거라면 믿고 기다리면 돼요."

너무 가볍게 말하는 하유를 보며 독고설이 물었다.

"천마검이 다른 사람에게 이리한 것을 본 적이 있는 건가요?"

하유는 다시 진맥을 하며 대꾸했다.

"예, 천랑대원들에게."

"그래요? 그들의 증상과 비슷한가요?"

"아뇨, 달라요. 지금 천 공자와 진기의 흐름도 많이 다를뿐더러 그들은 이렇게 몸살을 앓지도 않았어요. 천랑대원들은 천마검이 손을 떼자마자 곧바로 운기조식에 들어갔고, 그다음엔 날아다녔죠."

독고설이 불안함에 침을 연신 삼켰다.

"정말 천 공자의 상태와는 다르네요. 그럼 안심할 수 없는 거 아닌가요?"

하유가 천류영의 손목에서 손을 떼고는 소리 없이 웃고 말했다.

"믿으세요. 천마검이잖아요."

독고설 곁에 있던 모용린조차 입을 쩍 벌리고 아무 말 못했다.

하유는 의원으로서 너무 무성의했다고 생각했는지 말을 덧붙였다.

"그분이 실수할 리가 없잖아요."

모용린은 여전히 말문을 잃고 고개를 절레절레 저었다.

이곳의 사람들도 천류영의 말이라면 맹신하는 경향이 있었다. 그러나 결코 하유 정도의 반응은 아니었다.

독고설은 입술을 꾹 깨물고 하유를 보다가 깊은 한숨을 내쉬며 말했다.

"예. 저도 천마검은 믿어요. 그러니까 내 남자를 그 사람에게 맡겼죠. 하지만 하유 부주께서는 화선부의 수장이시잖아요. 최고의 의원이시니 조금 더 자세히 설명을 부탁드려요."

그녀의 '똑' 소리 나는 간청에 하유가 씩 웃고 답했다.

"지금은 그냥 두는 게 최선이라고 생각해요."

"……."

"후우우, 정말이에요. 원래 천 공자는 만액환단과 무애검의 기운이 상호 보완하며 자리를 잡고 있었어요."

독고설이 고개를 끄덕였다.

"알아요. 그래서 몸이 가볍다고 말했어요. 내공도 많이 증진됐다고 했고."

"그걸 천마검이 섞어버렸네요."

"예?"

"무애검의 기운은 정말 어쩔 수 없어서 주입된 거 기억하죠? 천 공자의 체력과 정신력이 바닥나서."

하유는 독고설이 고개를 끄덕이는 것을 보며 말을 이었다.

"그렇게 해서 천 공자를 살렸어요. 그런데 일단 고비를 넘기고 살아난 그의 몸에는 만액환단을 바탕으로 한 내기와 무애검의 기운이 양립하게 된 거예요. 그래서 이곳으로 오면서 몸이 가벼운 느낌과는 달리 점차 피곤한 기색을 보였던 거고."

독고설이 다시 불안해하며 물었다.

"그냥 두면 큰일 나는 거였나요?"

"그건 아니에요. 시간을 두고 몇 년간 천천히 섞였겠죠. 큰 문제는 아녔어요. 그랬다면 제가 미리 말을 했겠죠."

"예……. 그런데 방금 그 문제로 피곤한 기색을 보였다고 하지 않았나요?"

독고설의 물음에 하유가 짧게 웃고 대답했다.

"오랫동안 지독한 고문을 받은 다음에 강행군을 했어요. 피곤하지 않으면 오히려 이상한 거죠? 그러니까, 음…… 진기를 운용하며 무공을 펼치면 전보다 더 나은 힘과 속도를 보여줬을 거예요. 다만, 완전히 하나가 되지 못한 이질적인 진기는 한계를 보일 수밖에 없어요. 예를 들면, 가진바 공력의 절반 정도밖에 쓸 수 없다거나 평소에도 빨리 피로감을 느낄 공산이 높아지는 거죠."

하유는 침상에 누워 있는 천류영의 소매를 걷어 올리며 말을 이었다.

"그런데 천마검이 몇 년간 천천히 섞여야 하는 만액환단과 무애검의 기운을 단숨에 합쳐 버린 거예요. 즉, 천 공자는 몇 년의 세월을 한 번에 보상받은 거나 다름없는 거죠. 그 여파로 지금 몸살을 앓고 있지만, 잘 마무리될 거라고 생각해요. 천마검이 한 거잖아요."

모용린이 기가 막힌다는 표정으로 침묵을 깨고 물었다.

"그게 가능한 건가요?"

"불가능하죠."

"……."

"다시 말하지만, 천마검이잖아요. 장담하건대, 깨어난 후에 운기행공을 하면, 천 공자도 제가 본 천랑대원들 처럼 펄펄 날아다닐 거예요. 믿으세요."

모용린은 고개를 절레절레 젓다가 잠들어 있는 천류영을 보며 피식 웃었다.

"그렇게만 된다면 천마검에게 제대로 빚을 진 거네요."

무림인으로서 이런 기연을 받는다는 것은 목숨을 구함받은 것과 같았다. 그러나 독고설은 여전히 불안한 표정이었다.

"부주님 말처럼…… 잘되겠죠?"

하유가 소매를 걷어 올렸던 천류영의 손을 살짝 들며 말했다.

"그렇게까지 불안하다면 여길 봐요."

독고설과 모용린의 시선이 천류영의 손에 닿았다. 그러고는 두 여인의 눈이 화등잔만 해졌다.

모용린이 탄성을 질렀다.

"세상에!"

모두 뽑혀 있던 천류영의 손톱이 거의 절반 가까이 자라 있었다. 그와 동시에 팔뚝에 있던 짙은 고문의 흔적이 눈에 띄게 흐려져 있고, 자잘한 상처들은 집중하지 않으면 보이지 않을 정도였다.

하유가 천류영의 손을 내려놓고 말했다.

"일종의 환골탈태죠."

"……!"

"깨어나면 운기행공시키고, 그다음에 적당한 사람과 비무 한 번 붙여보세요. 천 공자 본인도 놀라고, 검봉도 그럴 테니까."

"……."

천류영은 다음 날 오후에 깨어났다.

　　　　*　　　　　*　　　　　*

　쩌어엉, 퍽!

　"큭!"

　목검에 배를 찔린 조전후가 뒤로 벌렁 나자빠졌다가 벌떡 일어났다.

　그가 부리부리한 눈을 치켜뜨면서 고개를 세차게 저었다.

　"이, 이건 실수야!"

　정녕 이럴 수는 없었다.

　다른 사람도 아니고, 어떻게 천류영과의 비무에서 패한단 말인가.

　연무장 주변에 가득 몰려든 사람들 모두 눈을 휘둥그레 떴다. 비무가 시작되고 오십여 합 정도는 예전 천류영이 보여주던 것과 별반 다르지 않았다.

　상대의 공격을 계속 막아내던 모습.

　하지만 확연하게 달라진 것이 두 가지 있었다.

　공격을 막아내는 모습이 전보다 여유로워 보인다는 점이었다.

　그리고 두 번째 변화. 찌르기가 단 한 번의 시도에 성공했다는 것이다.

방금 장득무도 천류영에게 그렇게 패했다. 물론 그때 지켜보던 사람들은 대수롭지 않게 여겼다.

장득무가 본인 입으로 몸 상태가 상당히 안 좋았고, 차마 천 공자를 향해 진짜로 검을 찔러 넣을 수는 없었다고 얘기했으니까. 설사 그것이 목검이라도.

그리고 장득무의 그런 주장을 사람들은 믿었다.

그런데 야차검 조전후를 상대로 똑같이 펼쳐진 광경은 충격이었다.

한 번이라면 모르겠지만, 장득무에 이어 두 번째!

그리고 야차검 조전후는 일류 수준인 장득무보다 한 차원 더 높은 무사였다. 그런 조전후가 천류영의 찌르기에 당하는 모습은 상상조차 한 적이 없었다.

관중들이 여기저기에서 수군거렸다.

천류영이 북방에서 최선두에 서서 싸웠고, 또한 가장 위험한 곳을 마다하지 않았다는 소문이 사실이었다는 탄성과 함께 낭왕으로부터 어떤 기연을 받은 건 아닐까라는 얘기까지 흘러나왔다.

그렇게 사실뿐만 아니라 만년설삼을 먹었다거나 절대고수인 취존이 납치해서 고문만 한 게 아니라 무공도 전수한 건 아닐까 라는 억측까지 섞어 쑥덕거렸다. 그렇게 해서 취존이 자신의 사람으로 만들려고 했다는 요지의 소설이었다.

조전후가 성내며 외쳤다.

"천 공자, 이번엔 진짜로 할 테니까 조심하시오!"

말이 끝나기 무섭게 그가 땅을 박차고 천류영을 향해 득달같이 달려들었다.

쇄애애액!

지켜보던 이들 중 고수라고 불릴 무인들이 눈을 치켜떴다.

조전후의 목검에 실린 예기가 연무장 밖에까지 느껴졌다. 즉, 자존심에 상처를 받은 그가 자신도 모르게 내공을 잔뜩 끌어 올려 전력을 다하고 있는 것이다!

호기심 어린 얼굴로 지켜보던 남궁수와 팽우종이 외쳤다.

"어! 위, 위험!"

"조 대협!"

그러면서도 의아했다.

왜 자신들 옆에 있는 독고설과 모용린이 가만히 지켜보고만 있는지.

조전후의 목검이 천류영의 머리를 향해 떨어졌다. 그리고 그 순간, 흥분한 조전후도 아차 싶었다.

'내, 내가 무슨 짓을!'

조전후의 목검이 급격하게 옆으로 휘었다. 아니, 휘려는 찰나, 천류영의 목검이 밑에서 불쑥 튀어나오고 있었다.

"……!"

조전후도 나름 산전수전 다 겪은 무인이기에 지금 천류영의 목검이 자신의 목젖을 향해 다가오는 것을 보며 소름이 돋았다.

찰나의 순간에 쏘아져 들어온 목검은 진짜 고수나 펼칠 수 있는 찌르기였다.

그리고 본능적으로 깨달았다.

자신의 목검이 천류영의 머리에 닿기 전에, 먼저 목젖이 찔릴 것임을.

천류영을 지켜야 하는 무인으로서 그에게 배를 찔리고 나자빠졌다. 그게 창피해 흥분했다. 그 부끄러움과 흥분으로 동작이 커졌고, 그 틈을 천류영은 냉정하게, 그리고 정확히 뚫고 들어왔다.

'젠자아아아앙!'

조전후가 속으로 비명을 지르는데, 목젖을 향하던 천류영의 목검이 살짝 위로 치솟았다.

팍!

천류영의 머리 바로 위.

그야말로 손가락 하나 사이를 두고 조전후의 목검이 천류영의 목검에 의해 저지당했다.

마치 조전후의 목젖을 노린 것이 아니라 원래 방어하려고 목검을 올려친 것처럼 자연스러운 동작이었다.

그야말로 아슬아슬했던 순간.

관중들은 천류영의 머리가 안전한 것을 보고 안도의 한숨을 흘렸고, 고수들은 자신이 본 것을 불신하며 숨을 들이켰다.

천류영은 그렇게 아슬아슬하게 막았으면서도 담담한 표정으로 목검을 내렸다. 그러자 막혀서 멈춰 있던 조전후의 목검이 천류영의 머리를 가볍게 퉁, 때렸다.

"어? 미, 미안하네."

그제야 천류영이 당황스런 얼굴로 맞은 머리를 긁적이다가 빙그레 웃었다.

"많이 양보해 주신 것을 잘 알고 있습니다. 오늘은 여기까지만 하지요. 해야 할 일들이 많아서."

"야, 양보?"

조전후는 고개를 갸웃거렸다.

자신의 목젖을 노렸다고 생각한 건…… 착각이었나?

3

지켜보고 있던 무인들 중 고수들도 조전후처럼 고개를 갸웃거렸다.

그들은 어느 누구보다 천류영이 강해지기를 바라는 사람들이었다. 그렇기에 실제로 손속을 겨뤄 천류영이 지금 보여준 실력을 직접 확인하고 싶었다.

하지만 천류영은 보통 무사가 아니라 전쟁을 준비하는 사령관이었다. 또한 몸살에서 벗어난 지 얼마 되지 않았는데 무리해서 확인하는 것은 아니라고 생각했다.

비무할 시간은 앞으로도 차고 넘칠 테니까.

그래서 천류영이 비무를 그만하겠다는 말에 아쉬움을 삼키며 조전후 다음 차례에서 물러났다.

조전후는 잠시 멍한 표정을 지었다가 곧바로 고개를 끄덕였다.

"그, 그래야겠지. 할 일이 많을 테니……. 그런데…… 음, 한 번만 더 비무하면 안 되겠나? 흥분하지 않고 제대로 하겠네."

그도 천상 무인이었다. 방금 든 위화감의 실체를 제대로 확인해 보고 싶었다.

정말 착각이었을까?

그때, 장득무가 갑자기 빽! 소리쳤다.

"조 대협! 그만하십시오! 조 대협께서 정말로 힘을 쓰셨다가 천 공자께서 자칫 크게 다치시면 어쩌려고요?"

"응? 아! 그, 그럼 안 되지."

조전후가 고개를 끄덕이며 목검을 내렸다.

장득무의 외침 덕분에 방금 자신이 아주 큰 실수를 할 뻔했음을 상기했다. 절로 이마에 식은땀이 맺혔다.

그는 자신을 바라보는 많은 사람들을 살피다가 어색한 표정으로 크게 웃었다.

"크하하하! 내가 한 수, 아니, 두 수를 봐주긴 했지만, 정말 많이 강해졌소. 북방에서 정말 실전을 많이 경험했구려."

그렇게 호탕하게 말하며 연무장에서 내려오자 그제야 사람들이 기꺼운 마음으로 천류영과 조전후에게 박수를 쳐주었다.

화가연도 박수를 치면서 옆에 있는 장득무와 이리 다가오는 조전후를 유심히 살폈다.

다른 사람들은 몰라도 그들과 자주 어울려 다니는 그녀는 두 사내의 성격을 누구보다 잘 파악하고 있었다.

담담한 듯 보이지만, 연신 침을 삼키는 조전후와 자꾸만 고개를 절레절레 젓는 장득무.

둘은 조용히 뒤로 빠져나가 몇 개의 전각을 돌았다. 그 뒤를 조심스럽게 뒤쫓던 화가연은 나직하게 들려오는 목소리에 숨을 들이켰다.

"조 대협, 정말 위험했어요. 알고 계시죠?"

"아아, 믿기지가 않아. 설이 아가씨한테 패했을 때보다 열 배는 더 충격이야. 천 공자…… 진짜 강해졌다."

"예. 예전과 차원이 달라요. 원래 잘 막긴 했지만, 이젠 완전히 무슨 벽 같아요. 어디를 공격해도 이미 그곳을 선점하고 있더라고요. 어휴, 이미 제 검로를 다 파악하고 있는데 그곳을 공격하기도 뭐하고, 안 할 수도 없고."

조전후가 심각한 표정으로 말을 받았다.

"수비도 수비지만…… 찌르기가 소름 돋았다. 착각이 아니야. 그건 진짜배기였어. 고수의 찌르기였다고!"

장득무라면 몰라도 조전후는 그녀가 몰래 뒤따라오는 것을 간파했어야 한다. 그러나 그는 전혀 낌새도 채지 못했다. 그만큼 충격에 빠져 있다는 뜻이었다.

화가연이 담벼락을 돌아 그들 앞에 나타나 번개처럼 물었다.

"정말 천 공자가 그렇게 강해진 거라고요?"

"헉!"

"뭐, 뭐야?"

조전후와 장득무가 기겁하며 눈을 치켜떴다. 그리고 나서 둘은 눈을 마주치더니 억지 미소를 지었다.

조전후가 말했다.

"가, 강해졌지. 내가 진짜로 승부했으면 당연히 상대가 되지 않았겠지만, 그래도 북방으로 떠나기 전보다 훨씬 강해졌다."

장득무가 맞장구쳤다.

"사매, 설마 네가 엿들은 것을 다 믿는 건 아니지? 생각해 봐. 애초에 우린 천 공자한테 전력으로 검을 휘두를 수 없잖아. 불상사라도 생기면 큰일이니까. 다만…… 그것을 감안해도 천 공자, 많이 강해지셨어. 기뻐할 일이지."

화가연은 고개를 끄덕였다.

조전후나 장득무의 말마따나 그들이 진짜 승부를 펼쳤으면 천 공자가 당해내지 못했을 것이다.

그럼에도 기뻤다. 이 사람들은 무공 칭찬에 상당히 인색한 편이었다. 그런 두 사람이 이 정도로 말한다면, 천 공자는 진짜 많이 강해진 것이 분명했다.

"다행이네요! 저도 짬을 내서 천 공자와 비무를 해봐야겠어요."

조전후와 장득무의 안색이 대번에 핼쑥해졌다.

"안 돼!"

"하지 마!"

화가연이 당황하며 물었다.

"왜요?"

조전후가 헛기침을 하며 딴청을 피웠다. 그래도 사형인 장득무는 고민스러운 표정을 지었다가 결국 한숨과 함께 진심을 실토했다.

"사매뿐만 아니라 본 문도 망신을 당하는 거니까."

"그, 그게 무슨?"

"못 이겨. 못 이긴다고."

"예?"

"예전에도 그런 경향이 있긴 했지만, 진짜 철벽같아. 무서울 정도로."

"……."

"그래서 어떻게든 천 공자의 수비를 뚫으려다 보니…… 어느새 당해 있었어."

화가연은 입만 쩍 벌리고 아무 대꾸도 못했다. 장득무가 한숨을 크게 내쉬고 말을 이었다.

"다시 한 번 붙어서 확인하고 싶은데…… 무서워서 못 하겠어. 내 수준으로 그 수비를 뚫는 건 아무리 생각해도 무리야. 무엇보다…… 갑자기 튀어나오는 그 찌르기는……."

장득무는 생각만으로도 소름이 끼친다는 표정이었다.
화가연이 정신을 차리고 물었다.

"제, 제가 볼 때는 예전과 큰 차이가 없어 보였는데.
조금 더 빨라진 정도?"

장득무가 피식 웃었다.

"예전에도 천 공자의 찌르기는 솔직히 섬뜩했었어."

"그, 그건 그렇죠."

"그래도 막을 수 있었는데, 지금은…… 못 막아."

조전후가 불쑥 끼어들었다.

"나는 막을 수 있다. 방심했던 거야. 흥분도 했고."

"예, 그건 인정해요. 하지만…… 조 대협도 방심하지
말고 최선을 다해야 할 것 같은데요?"

조전후는 침묵했다. 그건 곧 장득무의 말을 인정한다는
의미였다.

장득무는 역시란 표정을 지으며 혀를 내둘렀다.

"와! 진짜 어떻게 그리 강해진 거죠? 북방에 따라갔어
야 했나?"

조전후가 심각한 어조로 말했다.

"아무래도 천 공자가 북방에서 기연을 얻은 것 같다."

장득무의 눈에 이채가 스쳤다.

"예, 분명해요."

"전투를 하다가 길을 잃은 적이 있을 거야. 그렇게 헤매다가 으슥한 곳에서 동굴을 발견한 거지."

"그렇군요."

"그래. 그 동굴에는 전대 기인이 남긴 무시무시한 무공 비급이 있었던 거고."

"맞아요. 내공을 확 올려주는 내공 심법과 모든 공격을 막을 수 있는 수비세, 그리고 최고의 찌르기 검술이 담긴 비급이 있었을 거예요."

화가연은 고개를 절레절레 저었다. 아니, 이 무슨 얼토당토않은 말인가.

북방에서 길을 잃었는데, 우연히 발견한 동굴에서 천 공자를 위한 맞춤 비급이 발견되다니?

그녀가 말도 안 된다고 말했지만, 두 사내는 그녀의 주장을 귓등으로 흘렸다.

조전후와 장득무의 눈이 마주쳤다.

둘의 눈에 굳은 결의가 어렸다.

조전후가 말했다.

"우리도 어서 기연을 찾아야 해. 이대로라면 천 공자에게도 뒤처진다고."

"그럴 수야 없죠. 천 공자는 우리가 지켜줘야죠."

"암, 천 공자가 우릴 지켜주는 모습을 상상해 보라고. 그 무슨 부끄러운 꼴불견이란 말인가."

화가연의 만류로 그동안 수련에만 열중했다. 그러나 다시 비급을 찾아 떠날 시간이 되었다. 하지만 지금은 아니다.

곧 출정을 앞둔 시기이니.

$$* \qquad * \qquad *$$

조전후 일행이 연무장에서 빠져나가자 사람들이 천류영 주변으로 다가와 덕담을 건넸다.

예전보다 검술이 많이 나아진 것 같다고. 이제 어디 가서도 칼 좀 쓴다는 얘기를 해도 될 것 같다고.

그것을 조금 뒤에서 지켜보는 독고설은 마냥 행복한 표정이었다.

천류영의 검술은 단순히 많이 나아진 정도가 아니었다. 이제는 특급 이상의 고수가 아니라면 걱정을 하지 않아도 될 정도였다.

그 표정을 본 모용린이 팔꿈치로 독고설의 옆구리를 툭, 치며 속삭였다.

"긴장해야 될 것 같던데?"

"예?"

"어쩌면 이미 너를 추월했을지도."

독고설은 낮게 소리 내어 웃고 답했다.

"진심으로 그랬으면 좋겠지만…… 아직은 아니에요. 그리고 조전후 아저씨도 방심해서 그런 걸 거예요."

"그래도 발전 속도란 게 있잖아. 천 공자 처음 만났을 때를 생각하면…… 이건 뭐, 천지가 개벽한 수준이지. 솔직히 난 방금 전에 소름 돋았어."

독고설도 고개를 끄덕이며 동의했다.

"그러네요. 정말…… 빨라요. 그리고 북방에서 진짜 고생 많이 한 것 같아요. 초식이 훨씬 더 날카롭고 단호해졌어요."

"거기에 천마검이 준 기연까지. 아! 만액환단과 무애검도 고려해야지. 공력이 받쳐 주니 힘과 빠르기도 확 변했고. 나는 이제 절대로 천 공자 못 이기겠다."

모용린은 사람들에 둘러싸여 있는 천류영을 보며 계속 말했다.

"천 공자가 은근히 복이 많은 것 같아. 정말 많은 사람들로부터 여러 가지 것들을 받았네."

독고설도 동의한다는 기색으로 고개를 끄덕이다가 이내 저었다.

"아뇨. 솔직히 천 공자가 노력하고 고생한 것만큼은 못 받았다고 생각해요. 진짜 천 공자가 그동안 흘린 피땀을 생각하면…… 그 정도는 아무것도 아니라고요."

그녀의 말에 모용린이 '하!' 탄식하며 기가 막힌다는 표정을 지었다.

"진짜 사랑이란 콩깍지가 무섭긴 하네. 천 공자가 노력하고 고생한 것을 가볍게 말하는 게 아니잖아."

천류영이 사람들과 함께 이동을 시작했다.

그의 다음 일정은 분타 밖에서 한창 진행되고 있는 공사 현장을 둘러보는 것이었다.

적이 쳐들어올 때를 대비해 분타 주변에 몇 개의 흙담을 쌓고 있었다. 또한 배교의 강시도 고려해 적지 않은 구덩이 함정도 파고 있었다.

무사들뿐만 아니라 많은 백성들이 도움을 주고 있었기에 작업은 꽤 빠르게 진행되고 있었다.

독고설과 모용린은 천류영이 분타 밖으로 나가는 것을 보고는 집무실을 향해 움직였다.

독고설이 말했다.

"그 사람들, 잘 돌아가고 있겠죠?"

천류영도 깨어나자마자 천마검과 제대로 인사를 하지 못한 것을 무척 안타까워했다. 거기에 천마검이 준 기연 얘기를 듣고 한참이나 고마워했다.

"하유 부주가 말하길, 천마검 걱정이 세상에서 제일 쓸데없는 일이라고 하더군요."

"풋, 그것도 그러네요."

독고설이 격하게 고개를 끄덕이며 웃었다. 하지만 금방 정색하고 물었다.

"관태랑 천랑대주와의 얘기는 어떻게 됐어요?"

"응?"

"배교의 위치를 파악하려고 같이 머리를 꿍꿍 싸맸던 거 아니에요?"

"아, 그거. 결론이 났지. 그런데 천 공자가 말해주지 않았어? 내가 그에게 보낸 서류에 관련 내용이 있었는데."

독고설의 눈이 빛났다.

"놈들이 있는 곳을 알아냈어요?"

"많은 곳을 알아냈지. 그리고 수시로 이동한다는 결론을 냈고. 그놈들, 한곳에서 달포 이상을 안 머물러. 그래서 계속 꼬리 그림자만 쫓으며 실체를 잡을 수가 없던 거야."

독고설이 허탈한 얼굴로 푸념했다.

"아, 어렵네요. 천 공자나 천마검, 둘 다 실망이 컸겠네요.”

모용린이 피식 웃고 고개를 저었다.

“아니, 둘 다 이미 예상했다는 반응이었어. 나나 섬마 검이 그렇게 계속 추적했는데도 잡아내지 못한 것을 보며 어느 정도 짐작했던 거지.”

“하긴 그렇기도 하네.”

“그리고 개방과 하오문도 많지는 않아도 인원을 투입하고 있었거든. 특히 개방은 각 성(省)별로 천 명이나 투입했는데도 거의 소득이 없었지.”

“천 명이라……. 개방이 참 많기는 하네.”

“뭐, 대부분은 무공을 익히지 못한 그냥 거지니까 애초에 별 기대를 할 수는 없었어. 지금 마교와 사육주의 동향을 파악하는 데에 정예들이 거의 총동원돼 있으니까.”

그때, 황걸 개방주가 그녀들을 보고 뛰듯이 달려왔다.

“빙봉, 검봉!”

빙봉이 인사를 하고 물었다.

“무슨 일이십니까, 방주님?”

그는 독고설을 보며 망설이는 표정을 지었다. 그러자 독고설이 자리를 피하려는데 황걸이 손사래를 쳤다.

“괜찮겠지. 아니, 오히려 검봉이 가장 알아야 될 사람 일지도.”

독고설이 의아한 얼굴로 물었다.

"무슨 일이신데요?"

황걸은 주변을 훑으며 소리 죽여 말했다.

분타 내부는 비교적 한산했다.

대부분의 사람들은 수련을 위해 연무장에, 그리고 분타 밖의 공사장에 몰려 있었다.

"세상에 이상한 소문이 돌고 있소."

황걸은 순간 자신의 눈을 의심했다.

이상한 소문이 돌고 있다고 말했는데 왜 두 여인의 얼굴에 미소가 맺히는 것 같은 느낌이 드는 거지? 혹시 자신이나 본 방에 대해 뭔가 안 좋은 얘기라도 하고 있던 걸까?

하지만 그 미소는 순식간에 사라졌기에 황걸은 자신이 잘못 봤다고 생각했다.

독고설이 의아한 낯빛으로 물었다.

"이상한 소문이요?"

"그게……."

그는 다시 한 번 주변을 살피고 낮게 말했다.

"천 공자의 모친께서…… 사경을 헤매고 있다는 소문이오. 그분께서 천 공자만 찾고 있다고."

독고설과 모용린의 눈이 화등잔만 해졌다. 독고설이 물

었다.

"그, 그게 무슨 말씀이세요?"

"자객이 던진 비수를 맞았는데, 그 비수에 정체 모를 독이 묻어 있었다는 소문이오. 그래서 사천의 당문에서 몇몇 장로들이 독고세가에 급파되었다는 얘기도 있고."

모용린이 말을 받았다.

"그게 사실이라면 한중이나 사천에서 연통이 왔겠죠."

황걸이 입술을 꾹 깨물고 독고설을 보다가 입을 열었다.

"사실이라고 확정 지을 수는 없겠지만, 그럴 확률이 꽤 높은 것 같소. 믿을 만한 제자가 알려온 정보라."

독고설의 눈가가 파르르 떨렸다. 반면, 모용린의 표정은 더욱 차가워졌다.

황걸은 두 여인의 표정을 보며 계속 말했다.

"독고가주께서…… 이 사실을 철저하게 숨기라고 했다는 말이 있소."

독고설이 발끈했다.

"말도 안 돼! 그럴 리가 없잖아요!"

"그게…… 지금 천 공자는 무림을 위해 큰 싸움을 해야 하는데……."

황걸은 고민스럽다는 표정으로 오른손으로 머리를 긁적거리다가 말을 이었다.

"내 생각엔, 독고가주께서 천 공자의 심기가 어지러워질까 봐 입단속을 시키는 것 같소."

"……."

"그리고 나도 그런 독고가주님의 심정을 충분히 이해하오. 천하의 운명이 걸린 전투가 코앞이니. 다만…… 나중에 천 공자가 이런 사실을 알게 되면……."

모용린이 예전 빙봉의 모습처럼 차가운 모습으로 말을 끊었다.

"소문일 뿐이지, 아직 확실한 건 아무것도 없습니다. 안 그런가요, 방주님?"

"응? 그, 그렇지."

"그럼 독고세가나 당문에서 어떤 연통이 오기 전까지는 함구령을 내리는 것이 나을 것 같네요. 이 소문을 방주님께 알려온 제자들에게 특히요. 또한 그런 소문이 돌면 헛소문이라고 개방분들께서 전파해 주실 필요도 있을 것 같고요."

황걸은 독고설의 파랗게 질린 얼굴을 흘낏 보며 고개를 끄덕였다.

"내 생각도 그렇다네. 지금 천 공자가 흔들리면…… 그를 믿고 있는 많은 이들이……."

그런데 독고설이 갑자기 몸을 홱 돌리더니 달려 나갔다.

그에 모용린과 황걸이 눈을 껌뻑이며 마주 보다가 그녀를 뒤쫓았다.

"설아!"

"검봉!"

독고설은 빨랐다.

풍운과 오랜 시간을 함께 보낸 무사들은 자연적으로 경공 수련에 시간을 더 할애하게 된다. 어디를 가더라도 풍운이 너무 빨랐기에 그 빠름을 동경하게 되는 것이다.

황걸은 독고설과의 거리가 좁혀지지 않는다는 사실에 화들짝 놀랐다. 그리고 분타 밖까지는 거리가 얼마 되지 않았다.

독고설은 순식간에 분타의 열린 정문 턱을 넘어서며 외쳤다.

"천 공자아아아!"

그녀의 외침에 구슬땀을 흘리며 일하던 많은 이들이 고개를 돌렸다. 그중에는 삽으로 흙담에 흙을 올리던 천류영도 있었다.

뭔가 비통스럽고 절박하게 느껴지는 외침.

천류영은 자신이 잘못 들었다 생각하고 웃으며 손을 흔들었다.

"설아! 여기야!"

천류영과 독고설의 눈이 마주쳤다. 독고설 곁에 다다른 황걸과 모용린이 입술을 깨물며 곤혹스러운 표정을 지었다.

독고설이 천류영을 향해 걸으며 말했다.

"한중으로 돌아가요."

모용린이 입술을 질끈 깨물었다가 외쳤다.

"설아! 아직 확실한 게 아니야."

그러나 독고설은 천류영만 보고 걸었다. 모용린이 독고설의 팔을 잡아챘다. 그러자 독고설이 모용린의 팔을 강하게 뿌리쳤다.

무수히 많은 사람들의 놀란 이목이 독고설에게 쏠렸다.

독고설이 황걸과 모용린을 향해 고개를 돌리고 벌컥 성을 냈다.

"날 건드리지 말아요! 왜 모든 짐을 천 공자에게 지우려고 하는 거죠? 다른 사람이 하면 돼요. 우리 정파에 그렇게 사람이 없나요?"

"설아."

"언니가 해요. 그러면 되잖아요. 더 이상 천 공자에게 기대지 마요. 그건 진짜 비겁한 거라고요. 천 공자에게 어머니와 여동생, 그 가족의 의미를 모르는 사람은 빠지라고요!"

"……."

독고설은 곧바로 천류영을 다시 보며 말했다.

"유화 부인께서…… 어머니께서 사경을 헤매고 계시대
요."

삽을 옆에 있던 백성에게 건네주던 천류영의 얼굴이 굳
었다.

독고설이 말했다.

"한중으로 돌아가야 해요."

"……."

"어머니께서…… 천 공자만 찾고 계시대요."

천류영이 비틀거렸다. 그러고는 이내 털썩 무릎을 꿇더
니 숨을 거칠게 내쉬었다.

옆에 있던 남궁수가 놀라 천류영의 어깨를 잡았다.

"괜찮나? 숨을, 숨을 크게 쉬게."

사람들이 그의 주변으로 우르르 몰렸다.

그리고 그날 저녁.

독고세가에서 독고가주가 아닌, 그의 아내 주숙정이 보
낸 전서구가 도착했다. 그리고 모든 사람들이 그 소문이
사실임을 알게 되었다.

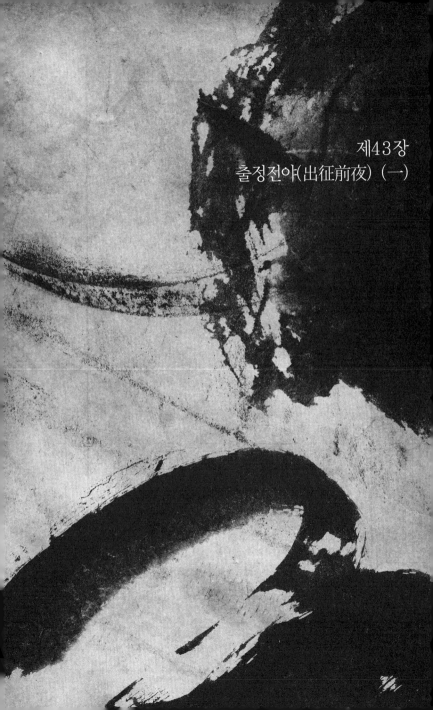

제43장
출정전야(出征前夜) (一)

1

타탁, 타탁.

밤의 어둠을 쫓는 화톳불이 곳곳에서 일렁였다.

무림맹 절강 분타.

두 사람 이상 있는 곳에서는 어김없이 열띤 토론이 벌어졌다.

무림서생 천류영은 패왕의 별에 가까운, 정파에서 가장 유력한 후보라고 불리는 인물이었다. 그런 자리에 있는 만큼 사적인 감정보다 더 큰 것을 위해 희생해야 한다는 사람들이 절반이었다.

그들은 이른바 사소취대(捨小取大 : 작은 것을 버리고

큰 것을 취함)를 주장했다.

하지만 홀어머니가 사경을 헤매고 있는데 전투에 집중하라고 요구하는 것은 비인간적이라는 주장도 만만치 않았다.

그렇게 분타 안의 사람들이 반으로 나뉘어 치열하게 갑론을박했다.

사실 천류영이 아닌 다른 사람이었다면 사소취대를 주장하는 이들이 월등하게 많았을 것이다.

그러나 이곳 항주에는 단순히 천류영이 많은 기적을 보여준 영웅이라서가 아니라 그의 진심과 인간적인 면모에 이끌린 사람들이 많았다.

그래서 천류영의 아픔을 이해하고 그가 어머니의 임종을 지키기 위해 떠나기로 결심한다면, 그의 선택을 존중하자는 이들도 절반이나 되는 것이었다.

분타의 수뇌부뿐만 아니라 간부와 평무사들도 괴로운 낯빛으로 고민하고 토론했다.

하지만 그들은 점차 이러한 토론이 큰 의미를 갖지 못한다는 것을 깨달았다.

그건 감찰 직을 맡고 있는 고청검 왕명의 말 때문이었다.

"무림서생께서 모친의 임종을 보기 위해 떠나겠다고 결정한다면, 그걸 어느 누가 강제로 막을 수가 있겠는가. 강제로 전투에 나가라고 하면 그분께서 순순히 따르겠는가? 또한 그렇게 해서 과연 승리할 수 있겠는가?"

각자의 의견을 천류영에게 개진할 수는 있다. 그러나 결국은 천류영이 결정할 것이다. 그리고 그 결정에 반대한다고 해서 그를 강제할 수는 없음이었다.

모두가 초조하게 천류영의 결정을 기다렸다. 그리고 많은 사람들은 천류영이 현명한 선택을 할 것이라 믿었다.

그는 늘 그래왔으니까.

그러면서 밤새 천류영의 처소를 들락날락거리는 수뇌부의 동향에 촉각을 세웠다.

검봉 독고설과 오성검 장로, 야차검 조전후와 독고포 대주 등 독고세가의 사람들부터 시작해서, 빙봉 모용린과 서언 주작단주, 원풍 백호 부단주 등 무림맹 인사들.

그리고 당문세가의 당천위와 당남우, 당혜미와 개방주, 팽가주와 팽우종 그리고 남궁수.

십대고수인 철혈무성과 그의 제자 철권 갈지혁도 마찬가지로 천류영의 처소에 들어가 각자의 입장을 정리해서 설득했다.

그러나 천류영은 다음 날 두문불출하며 자신의 입장을 밝히지 않았다. 결국 그날도 적지 않은 고위층 인사들이 천류영의 처소를 찾았다.

그리고 이튿날, 낭왕 방야철과 풍운이 분타에 복귀했다.

사람들은 그들의 복귀를 보면서 천류영의 결정이 임박했음을 짐작했다.

모친의 임종을 보러 가기로 결정했든, 출정을 결심했든 더 이상 시일을 미룰 수 없기 때문이었다.

그리고 삼엄한 경계 속에서 대회의실에 수뇌부와 간부들이 모두 모였다.

아직 천류영이 나타나지 않은 회의실에서 낭왕과 풍운은 침묵을 지켰다. 남궁수와 팽우종이 그들에게 계속 입장이 어떠냐고 질문을 던지자, 둘 다 빙그레 웃었다.

굳이 말이 필요하냐는 미소였다.

모두의 자리 앞에 뜨거운 차가 한 잔씩 놓이고, 마침내 천류영이 독고설, 모용린과 함께 대회의실에 모습을 드러냈다.

천류영은 단상에 올랐고, 두 여인은 그 바로 앞의 의자에 앉았다.

천류영은 담담한 표정으로 자신을 바라보는 이들을 보

았다. 지난 이틀간 자신을 방문해 각자의 의견을 개진한 사람들.

입장 차이는 있지만, 크게 보면 결국 별 차이는 없었다.

어떤 선택을 하더라도 존중하겠다. 그러나 천류영이 지금껏 노력해 온, 천하와 백성을 위한 그 노력이 물거품 되지 않았으면 좋겠다는 요지였다.

결국 고청검 왕명의 발언이 그들에게도 큰 영향을 미친 것이었다.

천류영은 그들 오십여 명을 한 사람, 한 사람과 일일이 눈을 마주쳤다. 그런 그의 얼굴에 미소가 번져 갔다.

많은 이들이 자신과 생사고락을 함께한 사람들이다. 일부는 자신과 함께 싸우지는 않았지만, 이곳을 지키기 위해 목숨을 걸었다.

가슴이 뜨거운, 좋은 사람들.

천류영은 이런 사람들과 함께한다는 사실이 행복했다.

그 미소에 사람들이 고개를 갸웃거렸다.

어떤 선택을 하든지, 지금은 미소를 지을 때가 아닌 것 같아서다.

천류영이 좌중을 보며 품속에서 작은 쪽지를 꺼냈다.

"이건 독고세가에서 온 전서구입니다. 여기에 이렇게 쓰여 있습니다."

"……."

"무림서생 천 공자 모친 위독, 유화 부인께서 임종 전에 아들을 보길 소망함."

어떤 이는 한숨을 쉬었고, 누군가는 입술을 질끈 깨물었다. 천류영은 담담한 중저음으로 말을 이었다.

"어머니께는 죄송하지만, 이건 암호입니다."

좌중이 눈을 껌뻑거렸다. 남궁수가 미간을 좁히며 입을 열었다.

"암호?"

"그래, 모든 준비가 끝났다는."

"뭐?"

"마교를 무너뜨려야지."

"……!"

많은 이들이 눈을 치켜뜨며 천류영을 보았다. 웅성거리며 작은 소란이 일었다.

그때, 독고설이 일어나 뒤돌아서 사람들을 향해 고개를 숙였다.

"속여서 죄송합니다."

좌중은 멍한 시선으로 이 기막히게 아름다운 여인이 사과하는 모습을 바라보았다. 그때, 모용린도 일어나 독고설 옆에 섰다.

"검봉이 연기를 너무 못해서 걱정스러웠는데, 반응을 보니 다행히 의심한 사람들은 없는 것 같네요. 검봉이 감정을 너무 담아서 진짜 얼마나 조마조마했는지……. 어쨌든 여러분들을 속여서 죄송합니다."

천류영이 미소로 말을 받았다.

"저는 그렇게 약간 어색한 것이 더 괜찮았습니다. 감정을 통제하지 못한 그 '날것'의 감정이 백성들이나 여러 무사들에게 더 가슴에 와 닿았을 테니까요. 만약 간자가 있었다면, 오히려 너무 완벽하게 맞춘 듯 움직이는 것이 더 수상하게 여겨질 수도 있거든요."

모용린이 혀를 차며 고개를 저었다.

"예, 예예. 그렇죠. 설이가 하는 거면 뭔들 마음에 안 들겠어요."

"하하하. 아니, 정말 괜찮았어요. 다른 사람이라면 몰라도 설이는 그런 게 맞아요. 저를 사지에서 구출해 돌아온 지 이틀밖에 지나지 않았어요. 그런 점을 고려하면 더더욱 그래요."

기함하며 지켜보던 이들 중 결국 황걸이 참지 못하고 자리에서 벌떡 일어났다.

"처, 천 공자, 지금 당최 무슨 말을 하는 건가? 그제 일이 모두 연극이었다는 말인가?"

천류영이 고개를 끄덕였다.

"예. 혹시 간자가 있을지도 몰라서 어쩔 수 없었습니다. 양해해 주십시오."

"아, 아니, 그게 문제가 아니라…… 그럼 공자의 모친께서는?"

"정정하십니다. 걱정해 주셔서 고맙습니다."

황걸의 뇌리로 그제 독고설과 모용린을 보았을 때의 기억이 스쳤다. 이상한 소문이 돌고 있다고 말하자 잠깐이지만 두 여인의 얼굴에 맺혔던 미소.

황걸은 어깨를 축 늘어뜨리며 구시렁거렸다.

"젠장, 내가 그 말을 할 줄 알고 있던 거군."

좌중은 충격에 빠져서 옆의 동료를 보며 눈을 껌뻑거렸다. 지금 일이 대체 어떻게 돌아가고 있는 건가.

철혈무성이 앞에 놓인, 아직 김이 모락모락 올라오고 있는 차를 단숨에 마시고 입을 열었다.

"그러니까…… 천 공자의 모친께서 자객에게 암습을 당했다는 소문은 이미 기획됐던 것이라는 말이…… 맞소?"

"예. 저를 구출했다는 소식이 독고세가에 전해지면서 그다음 단계 작전이 시작된 겁니다. 제가 작년 사천 분타에 갔을 때 독고가주님께 부탁을 드렸지요."

"작년에…… 허허, 작년이라……."

철혈무성뿐만 아니라 모든 좌중이 다 헛웃음을 흘렸다. 천류영에 대해 잘 알고 있다고 생각한 사람들도 기가 막힌 표정이었다.

조전후가 볼멘소리를 냈다.

"젠장, 나한테도 언질 좀 해주지."

천류영이 미안한 표정을 짓는 가운데 옆에 있는 장득무와 화가연이 그건 아니라는 얼굴로 고개를 저었다.

황걸은 고개를 갸웃거리며 또 질문을 던졌다.

"그럼 당문세가에서 해독을 위해 장로들이 급파된 것도……."

"예. 모두 다 미리 준비한 대로 움직인 겁니다."

"맙소사! 나는 당최 지금 내가 무슨 말을 듣고 있는지 모르겠군. 그러니까…… 무슨 말인지는 알겠는데, 어떻게 그럴 수가 있는 건가? 자네, 사람이 맞나?"

팽가주도 얼이 빠진 얼굴로 있다가 입을 열었다.

"왜 그런 연극을 한 건가? 목적이 있었을 것 아닌가?"

천류영은 좌중을 천천히 훑으며 말했다.

"마교와의 전쟁, 그 판의 주도권을 제가 가져오기 위해서입니다."

"……!"

"저는 군신이 아닙니다. 적은 인원으로 고수들이 득실

거리는 마교의 대군을 상대로 정면충돌해 이기긴 어렵습니다. 고수들이 많은 그들을 상대로 승리할 가능성을 조금이라도 높이기 위해서는…… 제가 전쟁의 흐름을 쥐고, 제가 원하는 그림대로 저들이 따라오게 만들어야 했습니다."

사람들이 침만 꼴깍 삼키며 홀린 듯이 천류영을 보았다. 서언 주작단주가 아직 충격에서 벗어나지 못한 기색으로 물었다.

"그럼 왜 분타 주변에 흙담과 함정을…… 아! 그것도 눈속임이었군요. 원래 여기에서 싸우려고 했다는 속임수."

천류영이 빙그레 웃었다.

"예, 맞습니다. 여러 가지 장치를 해두었습니다. 마교의 마갈 군사는 그런 것도 꼼꼼히 파악하려 하겠지요. 하지만 그도 어쩔 수 없이 제가 짜놓은 판에 들어올 수밖에 없습니다."

단호한 표정의 그는 독고설이 건네주는 차를 받아 한 모금 마시고는 말을 이었다.

"저는 이제 어머니의 임종을 보러 한중으로 떠날 겁니다. 그리고 한중을 거쳐 사천에서 무적검과 합류, 마교도와 싸우겠다고 선포할 겁니다. 그리고 그 여정은 이곳의 정예와 함께할 겁니다."

서언이 연신 고개를 끄덕이며 말을 받았다.

"이곳의 정예는 천 공자를 안전하게 호위하는 동시에, 나중에는 한중과 사천의 아군과 합류하는 거군요."

"예. 그렇게 마교주와 마갈 군사도 생각하겠지요. 그럼 그들은 어떤 선택을 하겠습니까?"

남궁수가 고개를 절레절레 젓다가 답했다.

"한중으로 가는 길의 너를 노리겠지. 그들이 바보가 아닌 이상, 한중 및 사천으로 도망치고, 그곳에서 세력을 규합하는 널 구경만 하고 있지는 않을 테니까."

모용린이 천류영 옆에서 빙긋 웃고 말을 받았다.

"그렇게 싸움의 흐름은 마교주와 마갈 군사가 생각지도 못한 방향으로 흐르게 될 겁니다. 그들은 이 전투가 설마 하니 추격전의 양상으로 흐르게 될 것이라고는 상상조차 한 적이 없겠지요. 하지만 우리는, 아니, 정확히 말하면 천 공자는 이걸 이미 삼 년 전부터 기획했습니다."

곳곳에서 탄성이 흘러나왔다. 특히나 '삼 년 전부터라고?' 라는 외침이 여러 사람에게서 튀어나왔다.

모용린은 천류영을 흘깃 보고 말을 이어갔다.

"마교주와 마갈 군사는 불편할 겁니다. 이런 상황을 전혀 예상한 적이 없을 테니까. 그러면서도 중원을 가로질러 한중으로 가려는 천 공자를 그냥 둘 수는 없지요. 전투 방식이 예상과 다르게 바뀌었다고, 그래서 뭔가 찜찜하다고 해서 그걸 방관할 수는 없는 노릇이니까요."

"……."

"또한 이곳의 일천 정예와 한중, 그리고 사천의 정파인들이 규합되는 것을 구경만 하는 어리석은 선택은 그처럼 똑똑한 책사로서는 도저히 용납할 수도 없을 테고요."

원풍이 혀를 내둘렀다.

"허, 똑똑한 책사니 용납할 수 없다라……. 이상한 말이지만 가슴에 와 닿는 말이군요."

좌중은 천류영이 이곳에서 일천 명만 데리고 간다는 것을 알았다.

독고설이 모용린의 말을 받아 이었다.

"마교는 우리가 한중으로 가려는 길목을 틀어막을 겁니다. 부대를 나누겠지요. 물샐틈없이 막아야 할 테니까. 쫓고 막고, 그리고 포위하려고 애쓰게 될 겁니다."

팽가주가 물었다.

"그들을 각개격파한다?"

천류영이 묘한 미소를 머금었다.

"쉽지 않을 겁니다."

"……."

"마갈 군사는 신중한 인물. 각개격파당하지 않을 정도로 부대를 나눌 겁니다. 그 각각의 부대는 적어도 우리보다 두 배 이상이 될 공산이 큽니다. 세상은 넓고 길은 많으니, 그 작은 길들은 세작과 척후로 채울 테고요. 그는 마교의 부대들을 절대 우리보다 약하게 꾸리지 않을 겁니다."

한숨과 탄성이 연신 흘러나오는 회의실에서 천류영의 중저음이 계속 이어졌다.

"우리는 그런 마교의 부대들과 가까워졌다가 멀어지고, 때로는 기습도 하게 될 겁니다. 함정도 파고요. 물론 우리가 기습에 당할 수도 있겠지요. 그러나…… 최후의 승자는 바로 우리가 될 겁니다. 왜냐면……."

천류영은 잠시 말을 끊고 빙그레 미소 지었다. 그러고는 뒷말을 이었다.

"승리를 위한 전투니까요."

침묵이 찾아왔다.

지금 단상의 천류영은 진짜 군신의 모습처럼 보였다.

소문으로 떠돌던, 싸움의 시작부터 끝까지 그림을 그려놓고, 거침없이 승리를 향해 질주하는 군신의 모습이었다.

조전후가 갑자기 엄지를 추켜올리며 말했다.

"난 천 공자와 한편인 것이 너무 행복해."

침묵을 깨고 불쑥 튀어나온 말에 사람들이 픽픽, 웃음을 터트렸다. 그러다 고개를 끄덕이며 다시 천류영을 보았다.

황걸이 오른손으로 제 가슴을 툭툭 치다가 입을 열었다.

"나는 자네가 대단하다고 생각하네. 하지만 패왕의 별이라고는…… 미안하지만, 그렇게는 생각한 적이 없어."

그는 손을 말아 쥐어 주먹으로 가슴을 쾅, 치고는 계속 말했다.

"그런데 이번 전투에서 정말 승리한다면…… 승리할 수 있다면, 나는 정말이지 자네 말고는 아무도 패왕의 별로 생각할 수 없을 것 같군."

대회의실의 분위기가 묘하게 들떴다.

정말 승리할 수 있을까?

어려울 것이다.

사실 불가능하다는 것이 맞았다.

그런 데도 불구하고 사람들은 이상하게 승리할 수도 있겠다는 생각이 자꾸 들었다.

단상에 서 있는 저 사람, 무림서생 천류영과 함께라면.

철혈무성의 제자인 철권, 갈지혁이 손을 들고 입을 열었다.

"하나만 여쭤도 되겠습니까?"

천류영이 미소로 답했다.

"편하게 말씀하십시오."

"아…… 흠흠, 전부터 궁금했던 건데, 천 공자께서는 마교가 무당산에서 승리할 것이라는 확신을 가지고 있는 것 같군요."

사실 이런 얘기는 무척 민감한 문제였다. 동료인 정파가 마교에 패한다고 주장하는 것과 진배없으니까.

천류영은 귀밑머리를 긁적거리다가 말했다.

"무당산에 모여 있는 정파가 열심히 싸워줘서 승리하면 더할 나위 없지요. 진심으로 그러길 바라고 있습니다."

"……."

"다만, 저는 최악을 대비하자는 겁니다. 다른 이들이 잘 싸워주겠지, 라며 준비를 게을리 하는 것은 옳지 않습니다. 수많은 사람들의 목숨과 천하의 안위가 우리 수뇌부에 달려 있습니다. 그러니 우리는 한순간도 방심하지 말고 최선을 다해야 한다고 생각합니다."

갈지혁이 쓴웃음을 깨물었다.

"우문현답이군요. 미안합니다, 천…… 아니, 사령관."

그뿐만 아니라 좌중 모두가 씁쓸한 얼굴이었다. 무당산에 모여 있는 정파인의 숫자가 무려 이만 명이었다. 그리고 정파의 내로라하는 고수들이 적지 않았다.

그런데 아무리 최악을 대비한다고 하더라도 패배를 얘기하는 것은 아무래도 자괴감이 들 수밖에 없는 것이 사실이었다.

그의 스승인 철혈무성이 말을 받았다.

"이건 좀 의미 없는 질문일 수도 있겠는데, 무당산의 아군이 패배하고 마교도가 승리한다면……."

그가 말을 꺼내놓고도 의미 없다고 생각했는지 말꼬리를 흐리며 주저했다. 그러자 팽가주가 미소로 말을 받았다.

"뭐, 어떻습니까? 이런 자리에서 허심탄회하게 다 얘기하는 것이."

철혈무성이 고개를 주억거리며 하려던 말을 계속했다.

"지금 일만의 마교도 중 얼마나 사상자가 나올 것 같소?"

즉, 마교가 승리한다면 얼마의 병력이 남을 것이냐는 뜻이다. 직설적으로 얘기하면, 우리가 상대하게 될 마교의 전력이 어느 정도나 될지 추정해 보자는 것이다.

그의 생각처럼 사실 무의미한 질문이었다.

천류영이 점쟁이도 아니고, 어떻게 그것을 알겠는가.

황걸이 웃으며 말했다.

"하하하, 나는 마교 놈들이 혹시라도 승리한다면, 아마도 삼사천 정도 남을 것 같소."

많은 이들이 고개를 끄덕여 동의했다. 그러나 남궁수는 의외의 의견을 내놓았다.

"저 역시 천 공자, 아니, 사령관처럼 최악의 상황을 가정해 보는 것이 좋다고 생각합니다. 넉넉히 잡았다가 마교도들의 숫자가 줄면 좋겠지만, 반대일 경우에는 기대가 실망으로 바뀌는 것을 떠나 좌절감이 생길 수도 있으니까요."

그의 의견에 몇몇이 탄성을 뱉었다.

"과연 창천룡이군."

남궁수는 천류영을 향해 말을 이었다.

"그래서 저는…… 육천 이상의 마교도와 싸울 수도 있다고 가정하겠습니다."

사람들이 모두 괜찮은 숫자라고 생각했다. 남궁수의 말마따나 최악을 가정하면 그다음의 결과에 실망하지 않을 테니까. 오히려 작은 희망을 엿볼 수도 있을 테니까.

독고설이 흥미로운 눈빛으로 천류영에게 물었다.

"우리 사령관님의 생각은 어때요? 솔직히 다른 건 저한테 다 얘기해 줬으면서 병력에 대한 건 대충 넘어갔잖아요. 그저 대군과 싸워야 할 거라고."

천류영이 난감한 얼굴로 머리를 긁적거렸다.

그 모습에 팽우종이 웃음을 터트리고 말했다.

"그냥 자네 생각을 듣고 싶은 거네. 자네라면 어떻게 생각할까, 그게 궁금하거든."

천류영은 차를 마시고 담담하게 말했다.

"이럴 때는 제가 어떻게 생각할까보다 더 중요한 것이 있습니다."

"……?"

"마갈 군사가 어떤 생각을 하고 있을까."

"아, 그렇군. 그럼 자네가 마교의 수석 군사 마갈이라면, 얼마의 피해로 승리를 거머쥘 수 있겠나?"

천류영은 입술을 꾹 깨물고 좌중들을 보다가 피식 웃고 고개를 저었다.

"얘기하지 않는 것이 좋겠습니다."

그러자 팽가주가 웃으며 농을 했다.

"하하하, 우리 사령관이 설마 마교가 거의 피해가 없을 거라고 생각하는 건 아닐 테고…… 흐흠, 어느 정도를 생각하고……."

팽가주의 얼굴에서 미소가 사라졌다. 천류영이 입술을 깨물며 한숨을 삼키는 모습이 보였기 때문이다.

풍운이 그 표정을 보고 눈을 치켜떴다.

"형님, 마교가 그렇게 대승을 거둘 거라고 생각하는 거예요?"

천류영이 결국 한숨을 내뱉었다.

"무당산은 너무 약점이 많아. 내부 경쟁도 그렇고, 배교의 전력도 짐작조차 할 수 없어. 또한 십천백지의 사존과 오존이 우려스러워. 그들, 그리고 그들과 가까이 지내고 있는 인물은 조심해야 된다고 생각하거든."

천류영은 고개를 저으며 그만하자는 표정을 지었다. 내부 배신의 가능성을 언급하고 싶지만, 그럴 수는 없었다.

자칫 그것이 무당산에 모여 있는 정파의 경쟁 심리를 폭발시켜 마교와 싸우기도 전에 내부 분열로 무너질 위험이 있기에.

지금은 그저 무당산에 있는 정파인들을 믿는 것이 최선이었다.

하지만 천류영은…… 최악을 준비하고 있었다.

마교가 거의 피해를 입지 않고 대승을 거두는 최악을.

그걸 표정에서 읽은 회의실의 정파인들이 침을 연신 꼴깍 삼켰다.

설마 일천 명으로 마교의 구천에서 일만에 달하는 대군을 상대하게 되는 건 아니겠지, 라고 불안해하며.

천류영이 그런 불안감을 읽고 목소리에 힘을 주어 말

했다.

"어떤 순간에도 이것만은 기억해 주십시오."

"……."

"만약 우리가 마교 고수들의 강함, 우리보다 압도적으로 많은 병력을 두려워하게 되면 우리는 싸우기도 전에 패한 것이나 진배없습니다. 하지만 우리가 그 두려움에 맞서 싸울 수 있는 용기를 낸다면, 어떤 순간에도 포기하지 않는 근성을 잃지 않는다면……."

천류영은 자신에게 쏟아지는 시선을 받으며 뜨겁게 말했다.

"약속드리겠습니다. 이 전투는 우리가 원하는 대로, 우리가 이끄는 대로 흘러가게 될 겁니다. 처음부터 끝까지 단 한순간도 적들에게 주도권을 빼앗기지 않겠습니다."

좌중의 얼굴에서 얼핏 어리던 불안감이 사라졌다. 대신 입가에 미소가 번져 갔다.

흥분으로 가슴이 쿵쾅거리고, 목젖이 계속 꿀렁거렸다. 황실과 군부에서 천류영이 군신이라 불린다는 사실이 새삼 묵직하게 다가왔다.

천류영이 눈을 빛내며 말했다.

"저와 함께 전설의 주역이 되어주십시오."

좌중 모두가 동시에 주먹을 불끈 쥐었다.

2

"이제부터는 빙봉이 회의를 주관하겠습니다."

천류영은 자신을 상기된 얼굴로 바라보는 이들을 향해 가볍게 목례하고는 회의실을 빠져나갔다. 그 뒤로 독고설과 낭왕, 그리고 풍운이 뒤따랐다.

좌중의 얼굴에 아쉬운 기색이 스쳤다. 천류영과 모용린이 말을 맞춰놨음은 이미 짐작하고 있었다.

하지만 방금 강렬한 모습을 보여준 천류영이 회의를 계속 주관했으면 하는 기색이 모두의 얼굴에 역력했다.

모용린은 그런 표정을 읽고 쓴웃음을 깨물었다가 입을 열었다.

"출정은 모레 아침에 하게 될 겁니다. 그전에 사령관도 바쁜 일정이 있으니 이해해 주십시오."

황걸이 그녀의 말을 받았다.

"모레 출정이라면…… 준비할 시간이 빠듯하겠군. 하긴 대외적으로는 위독한 천 공자 모친을 뵈러 가는 것일 터이니, 서둘러야겠지."

호위대를 급하게 꾸려 출발하는 모양새가 필요했다. 괜히 준비를 철저히 한답시고 시간을 질질 끌다가는 세인들이 수상쩍게 여길 공산이 높았다.

"예. 그러니 지금부터 제가 하는 말에 집중해 주십시오."

항주에서 한중까지, 중원을 가로지르는 긴 여정.

모용린은 천류영을 호위하며 움직이게 될 부대의 편제를 밝혔다.

총 일천여 명.

그들을 오백 명으로 나누어 두 개의 부대를 꾸린다.

상군(上軍)과 하군(下軍).

분타에 있는 무림인들 중 최정예가 상군에 포함될 것이다. 그리고 하군은 상군이 출발한 뒤, 며칠 후 출정을 하게 될 계획이었다.

즉, 세상은 천류영이 오백의 호위대와 이동한다고 여기게 될 것이다. 그렇게 모든 이들의 이목을 상군에게 집중시킨 후, 하군이 움직인다.

여기에서 하군의 움직임이 매우 중요했다. 그들은 모친의 위독함 때문에 큰 전투의 지휘를 포기한 천류영에게 실망해서 분타를 떠나는 것으로 보여야 했다.

삼삼오오 무리 지어 떠나는 무사들.

그렇게 흩어져 떠난 이들은 천류영이 정한 장소로, 역시 미리 정한 날짜에 모여야 했다.

천류영이 북방의 여진족을 상대할 때 쓴 오운진이었다. 흩어졌던 까마귀 떼와 구름이 다시 모이듯, 하군 오백여 명은 다시 뭉칠 것이다.

고작 오백여 명이지만, 그때 그 오백은 매우 중요한 역할을 하게 될 것이고.

모용린의 얘기가 이어지는 내내 좌중은 연신 마른침만 삼켰다.

"……여기까지입니다. 질문이 있으신 분은 지금 하십시오. 앞으로는 이런 기회가 없을 테니까요."

모용린이 말을 마무리하자 좌중은 곁에 있는 동료의 얼굴을 보며 혀를 내둘렀고, 고개를 절레절레 저었다.

팽가주가 팔등에 돋아난 소름을 손으로 쓸어내며 장탄식과 함께 소감을 밝혔다.

"무섭군."

모두가 동의한다는 표정으로 고개를 주억거렸다.

황걸이 주변을 훑으며 조심스럽게 말했다.

"충격과 놀라움이 가시지 않은 지금 이 자리에서 할 말은 아니지만……."

그는 여전히 주변의 동료를 살피며 말을 이었다.

"여기에 있는 누군가가 배신을 한다면, 그것 역시 끔찍하군."

모용린이 어깨를 으쓱하고 말을 받았다.

"천 공자…… 아니, 저도 이젠 사령관이라고 불러야겠군요. 사실 저도 그 부분이 걱정돼서 사령관에게 언급을 했습니다. 그런데 사령관은 여기에 계신 분들을 믿는다고 말했습니다. 어쨌든 여러분은…… 훨씬 많은 병력과 고수들이 집결한 무당산이 아닌, 어려운 형편의 항주를 선택하신 분들이니까요. 동시에 사령관과 이곳을 지키기 위해 목숨을 걸고 싸우신 분들이고요."

"……."

"목숨을 걸어야 하는 전쟁에서 유리한 곳을 마다하고 형편이 어려운 이곳에 모인 여러분은…… 즉, 사령관이 추구하는 가치에 동의한다는 얘기이지요. 무림인의 힘은 단순히 제 자신의 야망과 욕망을 위해서가 아니라 천하 백성들을 위한 것이라고 믿는다는 뜻. 사령관은 그런 분들을 믿지 않으면 누굴 믿겠냐고 저에게 반문했습니다."

누군가에게 믿는다는 말을 듣는 것은 언제나 기껍다. 특히 이번 전투를 지휘할 사령관의 입장이 그렇다면 더욱.

천류영이 기획한 계책에 놀라 있던 좌중의 얼굴에 진득한 미소가 피어났다.

잠깐의 침묵이 흐르고, 남궁수가 입을 열었다.

"질문이 있소."

"말씀하세요, 창천룡 소가주님."

모용린은 예전보다 더 깍듯하게 남궁수를 대했다. 그는 이제 남궁세가의 수장이기 때문이었다.

"사령관의 책략은 신묘하고 놀랍소. 충격적일 정도로. 하지만 지금 빙봉께서 얘기한 부분은 큰 그림일 뿐이지, 세세하지는 못하오. 즉, 사령관의 생각에서 벗어나는 이변이 속출할 가능성도 우리는 염두에 두어야 한다고 생각하오. 전장에서 변수란 종종 찾아오는 불청객과 같은 것이니. 그럴 경우에 어떻게 대처할 생각이오?"

모용린이 어깨를 으쓱거렸다.

"사령관을 누구보다 잘 아시잖아요."

남궁수가 미소로 받아쳤다.

"저야 잘 알지만, 이곳에 계신 모든 분들이 그렇지는 않으니까 드리는 얘기입니다."

팽가주나 황걸, 그리고 철혈무성 같은 사람들은 천류영과 함께 전투에 나선 적이 없었다. 그렇기에 충분히 그런 의문을 가질 수 있었다.

모용린이 그들을 보며 힘주어 말했다.

"이렇게밖에 말할 수 없겠네요. 그 사람을…… 사령관을 믿어달라고."

"……."

"저를 포함해 함께 전장에 있던 사람들의 표정을 보세요. 아마도 바로 보이실 겁니다. 눈에, 그리고 얼굴에 어려 있는 자신감을. 어떻게 보면 맹목적으로 보일 수 있다는 것을 잘 알고 있습니다. 그리고 그런 저희들의 태도가 불안해 보이기도 할 테고요. 그러나 저나 이 사람들이 처음부터 사령관을 믿었을까요? 아뇨, 전혀요! 저희들은 여러분보다 더 그를 불신했습니다. 지금은 사령관이 보여준 전과가 있지만, 예전엔 아무것도 없었으니까요."

모용린은 목이 컬컬한지 차를 한 모금 마시고는 계속 말했다.

"그렇게 사령관을 불신하던, 저를 포함한 많은 사람들이 지금은 그를 완전히 신뢰하고 있습니다. 설사 우리가 이번 전투에서 패하게 되더라도…… 저는 그것이 사령관의 무능력 때문은 결코 아닐 것이라고 확신합니다. 그리고 솔직히 여기 계신 분들도 이젠 사령관의 능력을 어느 정도는 믿고 계시지 않습니까?"

그녀의 말에 많은 사람들이 고개를 끄덕이며 미소를 머금었다. 그들 중 한 명인 팽가주가 자리에서 일어나 사위를 돌아보며 말했다.

"우린 이미 선택했고, 여기에서 다른 결정을 할 수는

없소. 그렇다면 사령관을 믿고, 그와 함께 끝까지 가보는 수밖에. 사실 달리 선택할 대안도 없지 않나? 이번 강호대전쟁에서 한발 물러나 있을 생각이 아니라면 말이오."

철혈무성이 말을 받았다.

"맞습니다. 한 번 끝까지 가봅시다. 사령관이 전폭적인 신뢰를 보여주는데, 우리가 그를 못 미더워해서야 되겠습니까? 더더군다나 이렇게 대단한 계책까지 들은 마당에 말이오."

조전후가 크게 웃고 외치듯 말했다.

"크하하하! 우리 사령관은 믿어도 됩니다. 분명 그는 우리를 승리로 이끌어줄 것이니, 염려는 붙들어 매십시오. 그리고…… 까짓, 무사가 한 번 죽지, 두 번 죽습니까?"

독고세가의 사람들을 시작으로 천류영과 함께 싸워온 이들이 이구동성으로 외쳤다.

이제 남은 것은 사령관을 믿고 끝까지 가는 것뿐이라고. 덕분에 대회의실의 분위기가 다시 후끈 달아올랐다.

모용린은 미소로 좌중을 보다가 말했다.

"자자, 이제 마칠 시간입니다. 여기 계신 분들은 내일 아침까지 상군에 소속될 명단을 제출해 주시기 바랍니다. 아까 말씀드렸지만, 사령관과 함께 움직일 무사들에게 중요한 건 체력입니다. 긴 추격전에서 체력 때문에 낙오하는 일이 발생해서는 안 되니까요."

팽가주가 동조했다.

"그렇지. 그리고 체력만큼 정신력도 남달라야 할 테고."

황걸이 말을 받았다.

"가능한 경공술에 재주가 있는 이들 위주로 추리는 것이 좋을 듯합니다."

모두가 직감했다.

오늘 밤은 수하들을 상군과 하군으로 분류하느라 꼬박 지새워야 될 것을.

하지만 그들의 표정은 밝았다.

천류영이 언급했다시피, 어쩌면 자신들은 강호대전쟁에서 전설의 주역이 될 입장권을 갖게 된 것일지도 모르니까.

그들을 지켜보던 모용린이 약간 울상을 지으며 엄살을 부렸다.

"고수들을 너무 상군에만 집중시키시면 곤란합니다. 개별적으로 이동하게 되는 하군은 그 조장의 임무가 매우 중요하다는 것을 잊지 마십시오. 그리고…… 하군의 사령관은 저라고요."

그녀의 투정에 회의실에 폭소가 터졌다.

＊　　　　　＊　　　　　＊

　무림맹 절강 분타에서 화선부가 거처하는 전각.

　하유와 수안 파파는 천류영 일행을 맞아 얘기를 듣고 있었다. 그 얘기는 대회의실에서 천류영이, 그리고 이어서 모용린이 언급한 내용이었다.

　천류영의 말이 모두 끝나자 하유와 수안 파파는 입을 쩍 벌렸다.

　하유가 먼저 고개를 절레절레 저으며 말했다.

　"천 공자께서는…… 진짜 무서운 분이시군요. 왜 그렇게 천마검이 천 공자를 가리켜 자신의 호적수라고 했는지 확실하게 알았네요."

　수안 파파는 여전히 정신을 차리지 못했다. 그녀는 이런 큰 전쟁에 참전한 경험이 없었다. 하지만 방금 천류영이 말한 내용이 얼마나 대담하고 소름 끼치는 전술인지는 충분히 느낄 수 있었다.

　사실 그녀들은 언제까지 천류영의 그늘에서 있어야 하느냐는 문제로 고심을 하고 있었다.

　철천지원수인 배교와 손을 잡은 것으로 보이는 마교. 그 마교가 무당산의 전투에서 승리한다면, 다음 목표는 이곳이 될 것이 빤했다.

　그렇게 상황이 흘러가게 될 경우, 화선부의 생각으로는 아무리 무림서생 천류영이라고 해도 기세등등한 마교의 대군을 감당하는 건 불가능했다.

　그래서 떠날 시점에 대해 내부 의견이 분분하던 참이었다.

　하유가 깊은 숨을 토하고는 천류영을 직시했다.

　"이런 극비를 저희에게 알려주는 이유는 뭐죠?"

　천류영 뒤에 서 있는 독고설과 낭왕, 그리고 풍운이 거의 동시에 입을 열었다.

　"도와주세요."

　"함께 갑시다."

　"화선부가 꼭 필요해요."

　하유는 이미 그런 말이 나올 것을 짐작했다는 표정으로 대꾸했다.

　"천 공자가 세운 책략은 실로 놀라워요. 하지만 중과부적이란 말이 있지요. 천 공자의 예상대로 전황이 흐를 것 같은 생각이 들지만, 그래도 어려운 싸움이 될 거예요."

　그녀는 화선부의 수장.

　화선부가 천류영을 따라갔다가 자칫 잘못되는 날이면, 그날로 화선부는 끝장이었다.

화선부가 어떻게 살아남았는가.

천마검과 하연 전(前) 부주님 덕분이었다.

그렇게 힘든 역경 속에서 살아남았는데, 어느 누가 사지가 될 확률이 높은 곳으로 다시 들어가고 싶겠는가.

천류영이 고개를 숙였다.

"부탁드립니다."

하유는 이해가 안 된다는 표정으로 물었다.

"굳이 우리일 필요가 있나요? 전투 중에 발생할 부상자를 염려하는 거라면 다른 의원들을 초빙해도 되잖아요. 위험한 싸움에 합류하는 것이지만, 그만한 보상만 해주면 분명 지원할 의원들이……."

천류영이 그녀의 말을 끊었다.

"화선부여야 합니다."

너무나 단호한 어조에 하유가 눈을 껌뻑거리며 잠시 말문을 잃었다가 입을 열었다.

"왜죠?"

"이미 여러분의 평판은 항주뿐만 아니라 절강성 전역에 퍼져 있습니다."

천류영은 이곳의 분타주로 있으면서 사비를 보태 항주와 절강성의 병자들을 매우 싼 비용으로, 혹은 무료로 치료해 주었다.

물론 그 환자들을 받는 조건은 엄격하게 따졌다.

가난해 의원을 찾는 것이 어렵고, 약값조차 댈 수 없는 사람들.

어차피 부유한 자들은 수준 높은 의원들과 비싼 약재를 구할 수 있었으니까.

그런데 시간이 흐르면서 사람들은 분타에 있는 정체불명의 의원들이 용하다는 의원들보다 실력이 더 뛰어나다는 것을 알게 되었다.

사실상 죽어가는 사람들을 살려내는 일이 연달아 일어나니 소문이 나지 않으려야 않을 수가 없었다. 그렇게 알음알음 전해지던 소문은 이제 모르는 사람이 없을 정도였다.

그리고 분타에 있는 의원들 대부분이 여인이라는 것이 알려지면서 세인들은 혹시 그들이 전설의 '화선부'가 아닐까, 라는 생각을 하게 되었다.

그런 소문에 불을 지핀 사건이 일어났는데, 항주의 큰 부자가 반위(反胃: 위암)에 걸려 올해 봄에 절강 분타를 방문했다.

유명한 의원들이 모두 그를 포기했기에 절박한 심정으로 찾아온 것이었다.

큰 부자라 치료 기준에 미치지 못하는 환자.

그러나 당시 독고설은 천류영이 정해두었던 원칙을 깨고, 그를 치료해 달라고 수안 파파에게 부탁했다.

그가 내놓은 거금이 많은 사람들에게 유용하게 쓰일 수 있다는 점도 있었지만, 그가 살아온 행적이 여느 부자와는 달랐기 때문이다.

하늘도 버린 땅인 항주에서 거의 유일하게 가난한 사람들을 구제하고 돕던 인물이었던 것이다.

그 부자는 기적적으로 건강을 회복했고, 그때부터 분타의 의원들이 '화선부' 일 공산이 높다는 소문이 빠르게 퍼져 나갔다.

천류영이 하유에게 재우쳐 말했다.

"많은 사람들이 여러분을 화선부라고 생각하고 있습니다. 그런데 제가 여러분과 대동하지 않는다면, 제가 사경을 헤매는 어머니를 구하러 움직이는 것에 의심을 품는 사람들이 나오게 될 겁니다."

"아!"

하유는 일리가 있다는 얼굴로 나직하게 탄성을 뱉고 말했다.

"정말…… 철두철미하시군요."

"좋은 의미로 듣겠습니다."

"훗, 물론 좋은 뜻으로 한 말이에요. 수많은 목숨을 책임져야 하는 사령관으로서…… 사소한 것도 놓치면 안 되겠지요."

"그렇게 생각해 주셔서 감사합니다."

하유는 앉아 있는 의자에 등을 기대며 손깍지를 꼈다.

사실 자신들은 현재 이곳에 의탁하고 있는 상황이었다. 만약 천류영이 힘으로 끌고 간다면 반발할 수 없었다. 그럼에도 이렇게 진심으로 청하는 모습이 약간은 생소하게 보일 정도였다.

하지만 공은 공이고, 사는 사였다.

"천 공자의 생각은 알겠어요. 그리고 지금 우리 화선부를 매우 배려해 주고 있다는 것도 충분히 느끼고 있고요. 하지만…… 천 공자를 따라가는 건, 본 부의 존망(存亡)에 관한 문제예요."

"하유 부주님."

"말씀하세요."

"정파가 무당산에서 패하고, 저까지 무너진다면…… 화선부는 어떻게 하실 겁니까?"

"……!"

"천마검 형님을 고려하고 계실지도 모르겠습니다. 하지만 저까지 무너지면서 마교가 연전연승을 하게 되면…… 천마검 형님은 이번 전쟁에 나설 명분이 완전히 사라집니다."

하유가 침을 삼키고 입술을 꾹 깨물었다.

천류영은 그런 하유를 직시하며 말을 이었다.

"정파인 화선부가 공식적으로 마교의 천마검에게 의탁하는 일도 어렵겠지만, 그전에…… 마교와 배교의 천하가 된 세상에서 화선부는 예전처럼 도망 다니는 신세로 전락할 수도 있다는 뜻입니다. 그러다가 다시 노예 생활을 하게 될 가능성이 높아요."

수안 파파가 이맛살을 찌푸리며 입을 열었다.

"그, 그건……."

천류영이 그녀의 말을 끊었다.

"부주님, 수안 파파님, 오해하지 마십시오. 저는 지금 협박을 하는 것이 아닙니다. 상황을 직시하고 화선부가 최선의 선택을 해야 한다는 점을 말씀드리는 겁니다."

"……."

"한 가지 여쭙겠습니다. 부주님께서는 배교에서 탈출한 뒤, 이곳 절강 분타에 의탁하지 않고 천마검과 북방으로 떠났습니다. 왜 그런 선택을 하셨습니까? 당시엔 이곳에 머무르는 것이 훨씬 안전했을 텐데."

3

하유와 수안 파파의 눈이 마주쳤다.

당시 서로 대립하던 기억이 주마등처럼 떠올랐다. 그 둘을 보며 천류영이 말을 이었다.

"그 답은 아마도…… 거친 풍랑이 이는 세상으로 나아가 스스로를 단련시키려는 용기를 낸 것이라고 생각합니다. 예전처럼 세상의 눈치만 살피며 전전긍긍하기보다는 역경에 맞서 도전하고, 더 강한 화선부를 만들기 위해서 말입니다."

하유가 손깍지를 풀고 고개를 끄덕였다.

"맞아요."

"다시 한 번 용기를 내주십시오. 세상에 당신들이 화선부라는 것을 당당하게 선포하고, 저와 함께 가주십시오. 설사 제가 패하더라도 화선부는 이번에 보여준 용기만으로도 정파에 이름을 남기게 될 겁니다. 그리고 성공한다면…… 화선부는 전설의 주역으로서 예전의 영광을 되찾을 수 있을 테고요."

말을 마친 천류영이 고개를 뒤로 돌렸다. 그러자 그의 눈과 마주친 낭왕과 풍운이 연이어 말했다.

"어떤 경우에도 당신들을 보호하겠소. 내 목숨을 걸고."

"최악의 순간이 오면, 가장 먼저 화선부부터 대피시킬게요."

하유가 고개를 돌려 수안 파파를 보았다. 그러자 수안 파파가 한숨을 뱉고 말했다.

"거절할 수가 없네요."

하유가 피식 웃고 대꾸했다.

"그렇죠? 가만히 있다가 또 도망자 신세가 되느니, 합류할 수밖에 없겠어요."

두 여인이 천류영을 보았다.

이 남자.

분명 천마검보다 약하다. 그것도 훨씬.

그런데 이 사내에게 사람들이 모이고, 열광한다.

그 이유를 대라면 많은 것을 언급할 수 있을 것이다.

그가 보여준 놀라운 전략전술과 민초를 진심으로 아끼는 마음 등등.

그리고 중요한 또 한 가지의 이유를 보았다.

적당한 명분을 대면서 자신들을 힘으로 끌고 갈 수도 있었다.

그런데 이 사람은 그렇게 하지 않았다.

진심으로 상대의 입장에 서서, 어떤 것이 최선인지 설득하고 이해시켰다.

천마검과 비슷하면서도 달랐다.

천마검은 그가 말하는 꿈과 가진 힘, 그리고 그만의 매력으로 사람들을 따르게 만든다면, 천류영은 자신이 아니라 사람들 각자가 가지고 있는 꿈을 이루기 위해 동참하게 만든다고 할까?

물론 천류영도 자신의 꿈을 보여준다. 하지만 그는 그 꿈을 함께 이루자고 주장하지 않는다. 그저 당신에게 최선의 선택은 이것이 아니겠냐며 공감을 끌어낸다.

어쩌면 천류영에게는 천마검과 같은 압도적인 무력이 없기 때문에 그런 방법을 취하는 것일 수도 있다.

그러나 그런 방법은 천마검의 무시무시한 힘 못지않은 영향력을 보여주고 있었다.

하유가 피식 웃고 중얼거렸다.

"일장일단이 있겠군요. 호호호, 정말 비슷하면서도 달라요."

천류영이 의아한 표정을 짓자 하유가 손사래 쳤다.

"아무것도 아니에요."

천류영이 물었다.

"결심을 굳히신 겁니까?"

하유가 고개를 끄덕였다.

"예, 함께 가죠."

　　　　　　　*　　　　　　*　　　　　　*

　천류영 일행은 화선부와의 자리를 마무리 짓고 분타 밖
으로 나섰다.

　절강성을 다스리는 관(官)의 우두머리, 좌포정사를 만
나기 위해서였다. 이미 늦은 밤이지만, 좌포정사는 천류
영을 기다리겠다고 말했다.

　원래라면 상상도 할 수 없는 일이겠으나, 황궁과 군부
에서 군신이라 불리는 천류영이기에 가능한 일이었다.

　까만 하늘의 달과 별들이 서호의 출렁이는 물결 위에서
반짝이는 것을 보며 모두가 말없이 걸었다.

　모레면 출정이라 생각이 많은지 침묵이 꽤 길게 이어졌
다.

　천류영을 믿는 것과는 별개로 전투는 사람의 마음을 들
뜨게, 혹은 초조하게 만드는 법이다. 숱한 수라장을 경험
한 방야철도 마찬가지인지, 얼굴에 복잡한 속내가 언뜻언
뜻 드러났다.

　그 표정을 본 독고설이 침묵을 깨고 물었다.

　"천하의 낭왕이신데, 조금 여유로운 표정을 지어도 되
지 않을까요?"

그 말에 천류영과 풍운도 방야철을 보았다. 방야철은 어깨를 으쓱하고 답했다.

"어쨌든 쉽지 않은 행보가 될 테니까."

풍운이 씩 웃고 말을 받았다.

"방 대협은 본인 걱정을 하는 것이 아니라 우리 형님을 걱정하는 거죠? 전투 중에 자칫 형님이 잘못되기라도 할까 봐."

방야철이 딱히 부인하지 않자 천류영이 엷게 웃으며 말했다.

"그날은 이제 잊으십시오."

취존에게 선상 납치됐던 일을 지적한 것이다. 방야철이 굳은 얼굴로 입술만 깨물자 다시 천류영이 말했다.

"불가항력이었습니다."

"나는…… 아직도 자네를 볼 면목이 없네."

"그래서 저와 눈 마주치는 것도 계속 피하시는 겁니까?"

독고설과 풍운이 몰랐다는 표정을 지었다. 천류영은 한숨을 삼키고 다시 말했다.

"그리고 또 제가 혼수상태에서 깨어나지도 않았는데, 풍운을 꼬드겨 떠나기도 하셨고요."

방야철의 고개가 밑으로 떨어졌다.

"음…… 미안하네."

천류영이 걸음을 멈추며 방야철의 팔을 잡았다.

"방 대협, 저를 보십시오."

"……."

"방 대협."

그제야 방야철이 고개를 들어 천류영의 눈을 마주했다. 천류영이 미소로 말했다.

"여기 있는 설이와 풍운, 그리고 많은 사람들이 저를 도와주었기에 지금의 제가 있는 겁니다. 방 대협은 말할 것도 없고요."

"……."

"제가 처음 만났을 때 했던 말 기억하십니까?"

방야철이 살짝 미간을 좁히며 반문했다.

"어떤 것을 말하는 건지?"

"낭인의 별이 되어달라고 부탁했습니다."

"아……."

"숱한 영웅호걸들이 꿈꾸는 패왕의 별은 욕망이겠으나, 낭왕께서 걸어갈 낭인의 별은 희망일 거라고 말씀드렸지요."

방야철의 입가에 희미한 미소가 어렸다.

"기억하네. 어떻게 잊을 수 있겠는가."

천류영은 손을 내밀어 방야철의 손을 잡았다.

"방 대협, 대협은 저보다 훨씬, 몇 배는 더 귀한 분이십니다."

방야철이 당황하며 고개를 저었다.

"그, 그게 무슨 말인가?"

"진심입니다. 무림인 중 태반을 차지하며, 가장 열악한 환경에서 살아가는 이들이 바로 낭인들입니다. 그 낭인들은 계속 낭왕의 행보를 주목하고 있습니다."

방야철의 입술이 파르르 떨렸다. 천류영이 잡은 손에 힘을 주며 말을 이었다.

"패왕의 별은 제가 아니라 누구라도 될 수 있습니다. 하지만 세상에서 소외받고, 많은 상처를 가지고 있는 그 낭인들을 제대로 위로해 줄 사람은…… 오로지 낭왕밖에 없습니다."

"그, 그건 자네가 패왕의 별이 되어서……."

천류영이 고개를 저으며 말을 끊었다.

"패왕의 별은 다양한 계층의 사람들을 아울러야 하는 자리입니다. 조화와 통합을 우선시해야 합니다. 그러지 않으면 혼란에 직면할 수밖에 없어요."

"……."

"그러니 패왕의 별은 가장 열악한 낭인들만 위해줄 수

없습니다. 그 어려운 일을 할 수 있는 사람은…… 바로 낭왕밖에 없습니다. 그래서 제가 패왕의 별 따위보다 낭인의 별이 되라고, 그들에게 희망이 되시라고 그때 말씀드렸던 겁니다."

"……."

"아시겠습니까? 설령 그날처럼 방 대협과 제가 똑같은 위험에 처하게 된다면…… 사셔야 하는 분은 낭왕, 방야철이어야 합니다. 그리고 저는 방 대협을 살리기 위해서라면…… 또다시 불구덩이로 들어갈 겁니다. 방 대협이 살 수 있다면 그 지독했던 고문도 다시 받을 수 있습니다. 기꺼이."

방야철의 눈에 눈물이 그렁거렸다. 그의 입술에 이는 경련이 더 심해졌다.

"자네는 정말…… 어떻게, 어떻게……."

독고설과 풍운도 숙연한 표정으로 고개를 숙였다.

오로지 천류영만 미소로 말했다.

"저는 방 대협께서 죽음의 고비를 넘기고 이리 강건한 모습으로 돌아와 한없이 기쁜데, 어찌 방 대협께서는 제 시선을 피하십니까? 어찌 저와 상의도 없이 복수를 하겠다고 무모하게 움직이셨습니까?"

"……."

"만약 방 대협이 잘못됐다면, 제가 죽을 때까지 마음 편하게 잘 수 있었겠습니까? 부디, 다시는 그러지 마십시오. 보중하셔야 합니다."

방야철도 맞잡은 손에 힘을 주었다.

말하고 싶었다.

보중해야 할 사람은 자신이 아니라 자네라고.

그러나 그는 입을 열지 못했다. 목까지 차오른 울음이 튀어나올 것만 같아서.

그저 고개만 끄덕였다.

미안하다는 의미였다. 고맙다는 몸짓이었다.

일행이 다시 걷기 시작했다.

서호에서 피어나기 시작한 물안개가 슬금슬금 뭍으로 기어올랐다.

가슴을 짓누르는 묵직한 분위기에 아무도 쉽게 입을 열지 못했다. 특히나 독고설과 풍운은 천류영과 방야철의 눈치만 살폈다.

그러나 천성상 그런 무거움을 못견뎌하는 풍운이 침묵을 깨고 화제를 돌렸다.

"그런데 좌포정사 나리는 왜 만나려는 거예요?"

독고설과 방야철도 궁금한 기색으로 천류영을 보았다. 이것과 관련해서는 미리 들은 말이 없었기 때문에.

천류영은 귀밑머리를 긁적거리며 입을 열었다.

"생각해 보니 혹시나 하는 생각이 들더라고."

"예?"

"아, 그러니까 마교가 대승할 경우, 병력이 아주 여유롭겠지? 그럼 마교주나 마갈이 병력 중 일부를 빼내서 텅 빈 것과 다름없을 절강 분타를 노릴 수도 있을 테니까."

독고설이 물었다.

"저번처럼 백성들이 나서서 막아주지 않을까요? 그럼 아무리 마교라도 세상의 이목을 신경 써야 할 테니까……."

천류영이 단호한 표정으로 독고설의 말허리를 끊었다.

"혹시나 하는 생각으로 백성들을 칼 받이로 내몰 수는 없어."

"아! 죄, 죄송해요. 제가 생각이 짧았어요."

그녀가 사과하는 모습을 보며 방야철과 풍운이 침을 꼴깍 삼켰다. 독고설이 아니었다면 자신이 그렇게 질문을 했을지도 모른다는 생각에.

천류영은 잠깐 굳었던 표정을 풀고 부드러운 목소리로 말을 받았다.

"아니야, 나야말로 미안. 내가 순간적으로 너무 과하게 대꾸했다. 네가 나쁜 의도를 가지고 말한 것이 아닐 텐데."

"예. 그런 의도는 전혀 없었어요. 음, 그럼 절강 분타를 지키는 데 관의 도움을 받겠다는 의미인가요?"

질문을 하는 그녀와 방야철이 걱정스러운 표정을 지었다.

이건 어디까지나 무림의 전쟁이었다. 여기에 관을 개입시키면 세상의 거의 모든 무림인들로부터 배척을 받기 십상.

천류영이 섭섭하다는 기색으로 고개를 저었다.

"경력이 짧긴 하지만 나도 무림인이라고. 설마 그런 어리석은 선택을 하겠어?"

"그럼 왜?"

"세상을 상대로 큰 연극을 하는 판이니, 작은 연극 하나 더 집어넣으려고. 관군이 우리 분타에 상주하다시피한다면 아무래도 마교로서는 껄끄러울 테니까."

"……?"

"우리 분타의 무림인과 관군 몇몇이 시비가 붙어서 그 관군들을 해쳤다면? 아무리 관과 무림이 서로 건드리지 않는다고 해도 그냥 넘어갈 수는 없겠지. 조사를 위해서 관군이 들락날락할 수밖에."

"……."

"아무리 마교주라도 관군이 들락날락하는 곳을 치기는 꺼려질 거야. 자칫 관을 불러들일 수 있는 위험을 자초하고 싶지는 않을 테니까."

독고설과 방야철, 그리고 풍운이 기가 막힌 표정으로 헛웃음을 흘렸다.

풍운이 혀를 내두르며 말했다.

"형님은 정말…… 아까 화선부주 말처럼 철두철미하네요. 하긴 뭐, 한두 번 본 것도 아니지만."

독고설과 방야철이 동시에 고개를 끄덕였다.

천류영은 대꾸 없이 걸으며 하늘을 보았다. 그러나 주변을 휘어감은 물안개로 별이 보이지 않았다.

마치 지금의 상황처럼 한 치 앞을 예측하기 어려운 시국이었다. 이럴 때에는 돌다리도 두드리고 건너는 신중함이 필요했다. 철두철미할 정도로.

천류영은 자신처럼 무당산의 정파인들도 그렇게 신중하기를 바라마지 않았다.

최악의 상황을 준비하고 있지만, 정말 정파가 대패하고 마교의 피해가 거의 없다면…… 자신도 매우 어려운 상황에 처해 힘든 싸움을 해야 할 테니까.

'부디 그들이 선전을 해주어야 할 텐데.'

정파가 승리를 해준다면 더 이상 바랄 것이 없을 것이

다. 어떤 이들은 정파가 승리하면 천류영의 입지가 좁아지는 것 아니냐고 우려를 표하기도 했지만, 그것이야말로 말도 안 되는 기우였다.

왜냐하면, 천류영은 수많은 목숨을 책임지고 전장에 나가는 것이 여전히 두려웠기 때문이다. 술자리에서 천마검과 섬마검에게 취중 고백한 것처럼, 사령관의 자리를 형벌처럼 느끼고 있었다.

또한 아직 사파와 배교란 무시 못 할 적이 남아 있었다. 천마검이 이끌 마교도 고려해야 한다.

그런 점을 감안하면, 정파 역시 많은 전력을 보존하고 있는 것이 훨씬 유리했다.

무당산에서 만약 너무 많은 손실을 입게 된다면, 정파는 향후 이어질 전투와, 더 나아가 종전 이후에도 주도권을 잡기 어려울 공산이 컸다.

즉, 정파에서 패왕의 별이 탄생하더라도 그 행보는 가시밭길일 확률이 크다는 의미였다.

천류영이 고개를 옆으로 돌려 묵묵히 걷고 있는 낭왕을 보았다.

그런 세상이 도래한다면, 낭왕이야말로 무림에서 가장 큰 힘을 쥔 인물로 부상할 가능성이 매우 컸다.

패왕의 별을 위협할 수 있는 권력자로.

천류영이 아까 한 말, 자신보다 낭왕이 더 중요하다는 말은 결코 기분 좋으라고 한 말이 아니라 진심이었다.

*　　　　*　　　　*

부엉, 부엉.

마교 진영과 가까운 낮은 야산에서 부엉이 우는 소리가 들렸다.

어둠에 동화된 듯 흑의를 입고 있는 무리들은 심호흡을 하며 전의를 다졌다.

철궁, 유운가, 진룡문, 제갈세가, 사존과 오존, 그리고 휘하의 십지들.

그들이 마침내 야습에 나선 것이다.

선두에 자리한 철궁주가 고개를 돌려 수신호로 지시를 내렸다.

이제 곧 오백여 보 떨어져 있는 마교의 진지로 기습한다는 뜻이었다.

중간중간에 위치한 간부들이 뒤로 신호를 전달했다.

이윽고 철궁주를 위시한 흑의인들이 산을 달려 내려갔다.

각 문파에서 엄선된 최정예들.

거의 발소리조차 내지 않고 뛰던 그들은 순식간에 마교 진영에 들이닥쳤다.

경계를 서고 있던 마교도들이 놀라 소리를 지르며 군영 안으로 도망쳤다.

"야습이다! 야습이다!"

소리를 빽빽 내지르며 도망치는 그들을 보며 선두의 철궁주가 코웃음 쳤다.

"훗, 한심한 놈들."

그렇게 욕을 뱉을 만했다.

제대로 정신이 박힌 보초라면 적의 기습을 알리며 맞서 싸워야 했다. 아군이 잠에서 깨어나 밖으로 몰려나올 때까지 시간을 벌어주어야 했다.

덕분에 정파인들은 순식간에 마교의 군영 안까지 쇄도하며 곳곳에서 타오르고 있는 화톳불을 이용, 지척의 군막들을 불태웠다.

화르르르!

하지만 희희낙락하던 정파인들이 이상함을 느낀 건 금방이었다.

군막에서 튀어나오는 이들이 단 한 명도 없던 것이다.

진룡문주가 외쳤다.

"하, 함정이오! 돌아가야 하오!"

말이 끝나기 무섭게 마교도들이 군영 안쪽의 천막 뒤에서 속속 모습을 드러냈다.

군막 안이 아니라 뒤에서, 그것도 잠에서 갓 깬 얼굴이 아니라 진득한 살기를 흘리면서.

그들이 소리도 지르지 않고 달려왔다.

철궁주가 빽! 소리를 질렀다.

"후퇴하라! 뒤돌아……."

그의 고함은 사방에서 터져 나오는 비명에 묻혔다.

놀랍게도 자신들 후위에 자리하고 있던 십천백지와 제갈세가가 아군을 향해 칼을 휘두르는 것이 아닌가!

"으아아아악!"

"배, 배신이다! 끄아아악!"

철궁주와 진룡문주, 그리고 유운가주는 참담하다 못해 얼빠진 표정이 되었다.

가장 후위에 있던 제갈천이 괴로운 표정으로 고함을 질렀다.

"최대한 빨리 끝내라!"

쇄애애액!

"끄아아악!"

배신자들의 손에 정파인들이 속속 죽어 나갔다. 마교도들도 그 학살에 합류했다.

그렇다.

그건 전투가 아니라 학살이었다.

불신의 기색으로 죽어가는 정파인들과 괴로운 표정으로 동료였던 이들을 죽이는 제갈세가의 무사들.

다만, 사존과 오존, 그리고 휘하의 십지들은 담담하게 거침없이 칼을 휘둘렀다.

그렇게 불과 이각 만에 철궁과 유운가, 진룡문의 칠백 정예가 목숨을 잃었다.

그리고 일만의 마교 대군이 무당산을 향해 거침없이 전진했다.

무당산의 뒤쪽.

번을 서고 있는 이들이 모두 죽어 있었다. 깊은 숲속에서 그들을 향해 붉은 안광을 흘리는 강시들이 다가왔다.

강시의 선두에 있던 배교의 소교주, 방우는 특유의 무표정으로 자신을 기다리는 목이내를 직시했다.

목이내가 야습에 가담하지 않은 제갈세가의 무사들과 함께 앞에 나서서 정중하게 허리를 숙였다.

"오셨습니까?"

"크크큭, 작은 소음도 없이 잘 처리했군."

"번을 설 때 제공한 간식에 수면제를 섞었으니까요. 그저 잠에 취한 놈들의 심장에 칼을 찔러 넣으면 되는 거였습니다."

방우는 목이내와 제갈세가의 무사들을 보며 혀를 찼다.

"나는 너희 같은 종자들이 제일 한심하고 혐오스럽다. 저 살자고 동료들을 배신하고 죽이다니. 많은 사람들이 싫어하는 본 교도 그런 짓은 안 해."

그렇게 말하고는 있지만, 표정은 심드렁했다.

새삼스러운 일도 아니니까.

무릇 역사를 살펴보면 수많은 국가들이 멸망할 때, 이런 배신자들이 거의 빠지지 않고 나왔다. 그리고 그런 배신자들은 언제나 기존 세력에서 상당한 권력을 누리던 핵심 기득권층이었다.

국가의 역사도 그러한데 강함을 숭상하는 무림에서야 어쩌면 당연한 일이었다.

제갈세가의 무사들이 고개를 숙인 채 입술을 깨물었다. 치욕감이 그들의 얼굴에 드리웠다. 그러나 목이내만큼은 담담한 기색으로 대꾸했다.

"이미 대세는 기울었습니다. 침몰하는 난파선에 목매는 것이야말로 한심하지 않겠습니까?"

쇄애액!

푹.

방우의 손에 쥐어 있던 검이 목이내의 어깨를 찔렀다.

"내 앞에서는 말장난하지 마라. 너 같은 놈은 나중에 우리 등에 칼을 꽂을 수 있는 놈임을 잘 알고 있으니까."

목이내는 고통으로 입술을 깨물며 고개를 끄덕였다.

"귀하께서 계속 힘을 가지고 계시다면…… 그럴 일은 없을 겁니다. 무림은 원래 강자존 약자멸의 세상 아니겠습니까?"

방우가 검을 살짝 비틀며 조소했다.

"크크큭, 뚫린 입이라고 말은 잘하는구나."

목이내는 흘러나오는 신음을 참으며 방우를 직시하고 대꾸했다.

"계속 저와 말씨름하실 겁니까? 저야 소교주님같이 높은 분과 대화를 나누는 것이 즐겁지만, 곧 다음 번을 설무사들이 올 겁니다."

"흥!"

콧방귀를 뀐 방우는 목이내의 어깨에 박힌 검을 빼고 앞으로 발을 내디뎠다. 그러자 뒤에 있던 강시들이 뒤따랐다. 어둠에 잠겨 있는 숲속에서 끝도 없이 강시들이 쏟아져 나왔다.

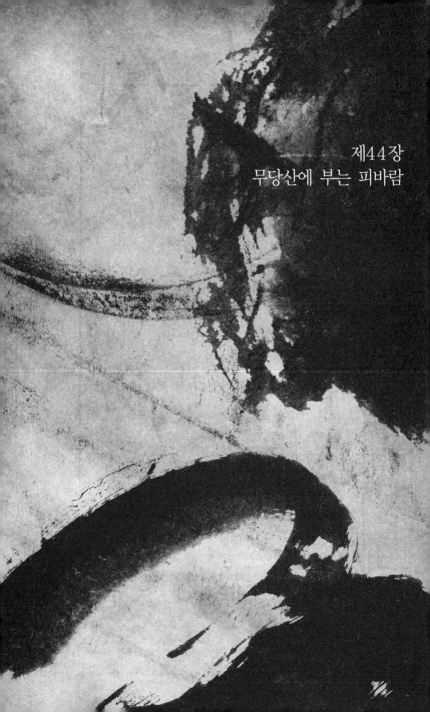

제44장
무당산에 부는 피바람

1

무당산의 천주봉에 위치한 금전.

그 주변에서 풍기는 피비린내가 코를 찔렀다.

다음 보초를 서기 위해 봉우리에 오른 정파인들이 몰살당한 것이다.

얼굴에 흑가면을 뒤집어쓴, 흑의 장포를 걸친 육 척 장신의 사내가 홀로 정상에 서 있었다. 뒷짐을 진 채 무당산을 내려다보던 사내는 심사가 복잡하다는 듯이 몇 차례 한숨을 뱉었다.

이내 방우와 배교의 주술사들이 등장했고, 그 뒤로 이천에 가까운 철강시들과 이백여 강시견들이 줄지어

따랐다.

방우는 널브러진 시신들을 훑으며 흑가면 옆으로 움직였다. 그러자 흑가면이 기다렸다는 듯이 입을 열었다.

"너희들이 게으름을 피우는 바람에……."

방우가 손사래를 치며 흑가면의 말을 끊었다.

"공치사를 듣고 싶나? 크크큭, 네가 수고하지 않아도 상관없었다. 마주치는 족족 죽이면 되는 일이었으니."

흑가면 속의 얼굴이 일그러졌다. 그는 허리춤에 매달린 호리병을 들며 대꾸했다.

"그러다가 비명이나 고함이 새어 나갔다면, 너희도 피해가 만만치 않았을 텐데?"

흑가면은 무당파로 이어지는 길 중간중간에 위치한 경계병들까지 해치웠다는 얘기를 하려다 관뒀다. 상대가 탐탁지 않게 여기는데 굳이 말할 필요가 없어서였다.

방우는 피식 웃으며 뒤에서 대기하고 있는 주술사들을 향해 손짓을 했다. 그러자 그들과 철강시들이 조용히 이동했다.

방우는 흑가면을 향해 낮게 말했다.

"어차피 오늘 데려온 철강시들은 모두 없어진다. 네가 관여하지 않았더라도 우리 입장에서는 별 차이가 없어."

"……."

"마교의 피해가 더 늘어날 뿐."

흑가면은 방우를 흘낏 보았다가 침묵했다.

두 사내 사이로 어색한 정적이 똬리를 틀고 내려앉았다. 그렇게 서로 한참 입을 다물고 있다가 흑가면이 피식 웃으며 고개를 끄덕였다.

"확실히 너희와 마교는 겉으로만 동맹이군. 천하를 삼킨 다음엔 서로 적수가 될······."

방우가 싸늘한 눈빛으로 코웃음 치며 흑가면의 말꼬리를 받았다.

"홋, 그건 너도 마찬가지가 아닌가? 취존, 설마 너 같은 고수가 아무 꿍꿍이도 없이 우리 쪽에 붙었다는 말을 하려는 건 아니겠지?"

취존은 대답 없이 흑가면을 이마 위로 들어 올리고는 호리병을 입가에 대고 술을 마셨다. 방우는 취존의 얼굴을 무덤덤한 기색으로 보다가 물었다.

"여기에 더 머물 거냐?"

무당산에서 정파인들을 상대로 싸울 것이냐는 질문이었다. 취존은 고개를 저으며 답했다.

"내가 회주에게 부탁받은 건 여기까지다. 너희들을 소란 없이 천주봉을 넘게 해주는 것."

천하상회의 회주는 목이내에게 정파의 보초들을 제거하

라고 지시했다. 그러나 만에 하나라도 문제가 발생할 경우를 대비해 취존도 투입한 것이었다.

겸사겸사 서로 얼굴도 익히라는 의도에서.

취존은 다시 술을 한 모금 들이켜고는 흑가면을 내려썼다.

"나는 이쯤에서 빠지지."

그가 돌아서자 방우가 히죽 웃고 말했다.

"그래도 명색이 정파였다는 건가? 한때 동료였던 이들에게는 칼을 휘두르긴 싫다? 크크큭, 그렇게 무른 생각으로 우리와 손을 잡겠다고?"

취존은 발을 멈추고 고개를 돌려 방우를 보았다.

"십천백지가 정파이긴 했지만, 그 정파를 동료라고 생각한 적은 한 번도 없었다. 그렇기에 회주의 제안을 받아들인 것이고."

"호오, 그럼 정파인들을 뭐로 생각했다는 뜻이지?"

흑가면 속의 입가가 뒤틀리며 미소가 피어났다.

"내 종들이었지."

방우가 스산하게 웃었다.

"크크큭, 노예로 생각했단 말인가? 재미있군. 아니, 당연한 건가?"

그는 걸어가는 취존의 등을 바라보다가 질문을 던졌다.

"혹시나 해서 말인데, 설마 본 교도 그렇게 생각하는 건 아니겠지?"

취존은 대꾸 없이 계속 걸었다. 그가 천주봉 아래로 내려가려는 순간, 방우가 시비를 걸었다.

"배신자 주제에 고고한 척은."

취존의 발이 멈췄다. 그는 천천히 고개를 돌려서 자신을 보고 있는 방우를 직시했다. 살기 어린 음성이 조용히 흘러나왔다.

"내가 방금 한 말을 귓등으로 들었나 보군."

"……."

"노예에게 지켜야 할 신뢰 따위는 없다. 그러니 다시는 내 앞에서 배신이라는 말을 입에 담지 마라."

"……."

"지금 내 경고를 잊고 네가 다시 그 말을 뱉는다면, 넌 그 순간 죽는다."

방우는 취존이 서슬 퍼렇게 말하자 한쪽 입꼬리를 올렸다. 그러더니 목소리는 내지 않고 입 모양으로 천천히 말했다.

배. 신. 자.

명백한 도발이자 조롱.

취존의 굵은 검미가 꿈틀거렸다. 자신도 모르게 그의

손이 허리춤의 검을 잡았다.

방우가 턱을 치켜들고 싸늘한 어조로 쏘아붙였다.

"나도 경고하지."

"……."

"본 교가 너를 받아들인 건, 천하상회의 재물이 필요하기 때문이야. 세력을 모조리 잃고 홀로 남은 너 따위가 필요한 게 아니란 말이다."

취존은 어금니를 깨물고 철검을 쥔 손에 힘을 주었다. 그러나 그 검을 빼 들진 않았다.

방우가 그 모습을 보며 말을 이었다.

"고작 무림서생의 혀에, 그것도 인질로 잡아두었던 그깟 놈 때문에 모든 것을 잃어버린 너 따위가 하는 협박, 가소롭단 말이다."

취존은 천천히 검에서 손을 떼며 속에서 올라오는 천불을 가라앉혔다.

"회주의 체면을 생각해서 오늘은 내가 참지."

방우가 키득거리며 웃다가 말했다.

"오늘뿐만 아니라 평생 참아야 할 거다."

취존은 멈췄던 걸음을 다시 내디뎠다. 그런 그의 등을 향해 방우의 조소가 이어졌다.

"크크큭, 크하하하하!"

공력을 담은 그 웃음소리가 길게 퍼져 나갔다. 그리고 그 광소가 마치 신호이기라도 하듯, 무당산을 내려가던 이천의 철강시들이 포효했다.

취존은 천주봉을 내려가면서 울분을 참지 못하고 주먹을 뻗었다.

콰콰콰아아아앙!

권경이 뻗어 나가 앞에 있는 몇 그루의 나무를 강타했다.

*　　　　*　　　　*

무당파의 전각군 주변에 자리한 무수한 막사들.

군데군데 화톳불이 타오르며 짙은 어둠을 조금이나마 쫓아내고 있었다.

불가에 쪼그리고 앉아 하품을 하던 유우는 멀찍이 떨어져 있는 화톳불 근처에서 졸고 있는 동료를 보고 피식 웃었다.

저 모습을 높은 분들에게 들키기라도 한다면 당장 혼쭐이 나고 말 것이다. 그러나 수뇌부와 간부의 태반은 지금 무당산 아래에 매복하고 있었다.

그는 자리에서 일어나 근처의 나무로 이동해 바지춤을

내렸다.

쏴아아아.

유우는 참던 오줌을 싸며 투덜거렸다.

"솔직히 여기까지 불침번을 세울 필요가 있나? 그저 높은 나리들은 어떻게든 아랫사람들 군기를 잡지 못해 안달이라니까."

아무리 생각해도 이곳에 불침번을 세우는 것은 이해가 가지 않았다. 밖에 번을 세웠으면 그것으로 족할 터인데, 왜 가장 안전한 이곳까지 불침번을 세워 수하들을 고생시키는 것인지.

오줌을 다 싼 그가 바지를 올리려다가 눈살을 찌푸렸다. 뭐라 딱 꼬집어 말할 수는 없지만, 가슴이 답답해졌다. 뭔가 섬뜩한 느낌도 들었다.

그때, 산 위에서 소름 끼치는 웃음소리가 터져 나왔다.

"……!"

놀란 유우가 고개를 돌리자, 어둠 속에서 붉은빛이 무수히 보였다. 그리고 몇 개의 붉은 안광은 지척까지 다가와 있었다.

"어?"

그가 바르르 떨며 뒷걸음질 치는데, 강시견이 컹! 하는 소리와 함께 달려들었다. 강시견의 송곳니가 유우의 허벅지를 물어뜯었다.

"끄아아아악!"

비명이 어둠을 흔들었다. 강시견과 철강시들이 포효하며 잠들어 있는 무당파와 주변의 막사를 덮쳤다.

＊　　　　　＊　　　　　＊

정파의 수뇌부들은 약 일만여 명의 수하들과 함께 무당산 앞쪽에 매복해 있었다.

철궁을 비롯해 야습 나갔던 동료 정파인들이 귀환할때, 마교도들이 추격해 올 경우 포위해 섬멸하기 위함이었다.

화산 장문인, 자검 진인은 어둠 속에서 마른세수를 해댔다.

지금쯤이면 야습 나갔던 이들과 함께 이동한 척후들이 돌아와 상황을 보고해야 했다. 그런데 척후들이 아무도 돌아오지 않으니 초조함만 늘어갔다.

자검 진인뿐만 아니라 다른 이들도 마찬가지였다.

곁에 있던 태악문주가 자검 진인을 향해 말했다.

"어째 예감이 좋지 않습니다. 설마 야습이 실패로 돌아간 건 아니겠지요?"

그의 곁에 있던 공동파(岹峒派)의 장로 위승평이 말을 받았다.

"무소식이 희소식이란 말도 있지 않습니까. 야습이 성공적이다 보니 척후들도 조금 더 상황을 지켜보다가 좋은 소식을 가지고 오려는 것일 수도 있지요."

위승평 장로는 말은 그렇게 했지만, 얼굴에는 그 역시 초조한 기색이 역력했다.

태악문주가 고개를 저었다.

"지금쯤이면 척후가 아니라 야습 나간 분들이 돌아와야 해요. 늦어요, 너무 늦고 있단 말입니다. 혹시 무리하게 전공을 세우려고 마교 진영에 너무 깊숙이 들어갔다가 곤경에 처해 있는 건 아닌지……."

위승평 장로가 고개를 저었다.

"그렇다면 척후가 벌써 와서 보고를 했겠지요."

그들의 대화는 자검 진인에게 뭔가 대책을 내놓으라는 의미로 들렸다. 자검 진인은 자신에게 쏟아지는 시선을 느끼며 입술을 뗐다.

"일단 발 빠른 이들로 일천을 추려 마교 진지로 보내는 것이 어떨까 합니다. 가는 도중에 만난다면……."

하나 그는 말을 이을 수가 없었다.

갑자기 뒤에서 들려오는 아스라한 웃음소리.

고수들은 그 웃음소리의 진원지가 천주봉이나 그 근처라는 것을 간파했다.

어마어마한 내공의 소유자였다. 그렇지 않다면 이곳, 산 아래까지 웃음이 들리는 건 불가능하니까.

자검 진인을 비롯해 모든 정파인들의 고개가 뒤로 홱 돌아갔다.

위승평 장로가 몸을 부르르 떨며 중얼거렸다.

"설마……."

미치지 않고서야 한밤중에 공력을 담아 웃음을 터트리는 정파인이 있겠는가!

정파인들의 머릿속에 불길한 생각이 동시에 스쳤다.

자신들처럼 마교도 오늘 야습을 노렸나?

하지만 의문도 함께 떠올랐다.

마교가 산 뒤에서 넘어온다면, 분명 번을 서고 있던 보초들이 침입 신호를 보내왔어야 한다. 비상종이 산 전체에 퍼지고 있어야 했다.

모두는 침을 꿀꺽 삼키고 귀에 파고드는 웃음소리를 환청이라 믿고 싶었다. 하지만 그 웃음의 끝자락을 섬뜩한 포효가 받았다.

"크아아아아아!"

그 소리에 정파인들이 얼어붙었다.

셀 수도 없이 수많은 이가 동시에 내지르는, 짐승 같은 포효.

숲속에 앉아 있던 정파인들이 벌떡 일어났고, 적지 않은 이들이 소리를 질렀다.

"적이다!"

"적이 산을 타고 넘어온다!"

자검 진인은 양손을 떨었다.

이걸 우연이라고 할 수 있을까?

하필 자신들이 야습을 보낸 때에 적들도 야습을 감행하다니!

공동파 장문인이 자검 진인을 향해 외치듯 말했다.

"어르신!"

자검 진인은 머릿속이 하얗게 변해갔다.

재앙이다.

지금 산중턱에 위치한 무당파의 전각군과 그 주변에 자리한 막사에는 일만여 정파인들이 잠들어 있었다.

이러한 때 습격을 받는다면, 태반이 제대로 싸우지도 못하고 당할 것이 자명했다.

태악문주가 자검 진인의 결단을 재촉했다.

"가야 합니다! 어서 도와주러 움직여야 합니다!"

자검 진인이 고개를 세차게 끄덕였다.

"가야지. 어서! 어서 갑시다!"

경공을 펼쳐 아무리 빨리 움직여도 이각은 소요될 터! 지체할 시간이 없었다.

자검 진인이 땅을 박차고 뛰었다. 그러자 주변에 매복해 있던 이들이 그를 뒤따랐다.

매복해 있던 일만여 명이 동시에 달리니 사방에서 흙먼지가 일었다. 산길 주변으로는 병목현상이 발생해 사람들이 뒤엉켰다.

중년의 신우문주도 급히 뒤따르다가 멈춰 섰다. 그리고 자신이 매복했던 곳과 그 앞의 평지를 내려다보며 입술을 깨물었다.

"만약…… 앞뒤를 동시에 노리는 양동작전이라면?"

생각만으로도 소름이 돋았다. 그가 내공을 담아 앞에서 달리는 이들을 향해 힘껏 외쳤다.

"잠깐만 제 말을 들어주십시오! 양동작전! 마교가 이곳도 노릴 수 있습니다!"

그의 경고에 달리던 정파인들이 대경해 멈췄다.

"아! 그, 그럴 수도!"

이곳을 단단히 대비하지 못할 경우, 최악엔 산의 위와 아래에서 협공당할 수 있었다. 그런 지경으로 몰린다면 수적인 우위는 아무 의미도 없어진다.

어둠이 깊은 새벽.

오히려 혼란이 극도로 깊어져 처참한 결과를 초래할 공산이 컸다.

상황이 이러자 정파인들이 어쩔 줄 몰라 했다.

위승평 장로가 곁의 자겸 진인을 향해 닦달했다.

"어떻게? 어떻게 합니까, 장문인!"

자겸 진인이 우물쭈물하며 고민하자, 공동파 장문인이 답답하다 여기고 외쳤다.

"신우문주는 숭의문, 다정궁, 적철문과 함께 이곳에 남아서 계속 매복해 주시오!"

신우문주가 곧바로 받아쳤다.

"그것만으로는 부족합니다. 수천의 마교도들이 쳐들어온다면 어쩝니까? 병력을 더……."

그의 고함은 산중턱에 자리한 무당파에서 들려오는 비명에 묻혔다.

"으아아아아아악!"

수많은 이들이 동시에 내지르는 비명, 그리고 곳곳에서 불길이 타오르는 모습이 보였다.

오도 가도 못한 채 창백해진 정파인들은 연신 침을 삼켰다.

위승평 장로가 자겸 진인을 향해 말했다.

"당장 움직여야 합니다."

지금 이 순간에도 정파인들이 죽어가고 있을 것이다. 자다가 봉변을 당한 그들은 도움을 기다리며 버티고 있을 것이다. 그들 중에는 자신들의 제자와 수하도 있을 터.

자검 진인을 바라보는 정파인들은 발을 동동 굴렀다.

"어서! 어서 명을 내려주십시오!"

자검 진인은 입술을 깨물었다. 평소에는 자기들끼리 잘도 떠들더니, 상황이 위급해지자 모든 책임을 자신에게 떠맡기는 것이 어처구니가 없었다.

그러나 지금은 불평을 하고 있을 때가 아니었다.

머릿속이 하얗게 변해 있는 그는 방금 공동 장문인의 의견에 조금 덧붙였다.

"수, 숭의문, 신우문, 다정궁, 적철문에 심명파와 항향, 현검문도 남아주시오."

그 말을 끝으로 자검 진인이 다시 움직였다. 역시 많은 이들이 우르르 달렸다.

신우문주는 손을 뻗어 마치 누군가를 잡으려는 듯이 손짓을 하며 중얼거렸다.

"그래도 부족……."

그는 허공만 움켜쥔 손을 떨어트리며 입술을 깨물었다. 자검 진인의 명이 최선은 아니지만, 반박하기 어렵다는 걸 깨달았다.

왜냐하면 야습을 감행한 적들의 숫자를 알 수 없기 때문이다. 그러니 양동작전을 펼치더라도 이곳으로 올 마교도의 전력을 파악하는 것은 불가능했다.

산 중턱에 있는 동료 정파인들이 큰 위험에 처한 상황에서 이곳의 병력을 추가로 요구하는 건, 어떤 의미로는 염치없는 행위였다.

적철문의 문주가 다가와 말을 건넸다.

"공교롭게도 우리가 야습을 나간 때에 이런 일이 생기다니, 운이 없어도 너무 없습니다."

신우문주는 입술을 꾹 깨물며 답하지 않았다.

이것이 과연 운이 없다는 말로 넘어갈 수 있는 문제일까? 만약 무당산의 정파인 중 배신자가 있었다면?

산 중턱의 여기저기에서 타오르는 불길이 빠르게 번지고 있었다.

숭의문주가 접근하며 성난 어조로 말했다.

"대체 산 너머에서 번을 서고 있던 놈들은 뭘 한 건지 모르겠습니다. 모조리 자빠져 잔 건 아닌지!"

그의 말에 신우문주가 눈을 부릅떴다.

긴가민가했지만, 숭의문주의 말을 들으니 배신자가 있는 것이 분명했다. 그 배신자가 번을 서는 수하들에게 어떤 해코지를 한 것이리라.

그가 확신하며 정체 모를 배신자를 향해 이를 가는데, 평소에 과묵한 현검문주가 말했다.

"만약 산을 넘어온 이들이 마교도가 아니라면……."

그가 말꼬리를 흐렸다. 숭의문주가 기가 찬다는 낯빛으로 물었다.

"마교가 아니면 누가 야습을 하겠소?"

신우문주는 아연한 표정으로 대신 답했다.

"무림서생이 한 말……."

"응?"

"배교가 참전할 가능성 말입니다."

"……!"

모여든 사람들의 얼굴이 파랗게 질렸다. 생각만으로 오금이 저려왔다.

숭의문주가 한차례 몸을 부르르 떨고는 말했다.

"그, 그러고 보니까 아까 포효하던 소리가 어째…… 사람의 것과는 조금 다른 것 같기도 했소."

거리가 워낙 떨어져 있다 보니 확실한 것이 없었다. 그러나 야습해 온 놈들이 배교라면, 이보다 더 최악일 수는 없었다.

왜냐하면…… 분명 마교와의 양동작전인 것이 확실할

터이고, 그건 즉 이곳으로 마교의 일만 대군이 곧 물밀듯 덮쳐 올 거란 얘기니까.

야습 나간 정파인들은, 잠들어 있기는커녕 출동 준비를 마친 마교도에게 당한 것이 아닐까?

신우문주가 눈을 감고 말했다.

"배교가 아니길…… 빌 수밖에요."

가슴에 바위라도 얹힌 듯 답답했다. 정보가 부족해서 더 그랬다.

조금 늦게 합류한 다정궁주가 입을 열었다.

"그나저나 왜 야습 나간 이들에게선 아직도 연락이 없는 걸까요?"

하지만 대답을 줄 수 있는 이가 없었다.

그렇게 모두가 애써 불길한 생각을 지우며 침묵했다.

2

콰아아앙! 우르르르.

철강시의 주먹에 탑이 붕괴됐다.

핏빛 안광을 뿌려 대는 철강시들은 잠자다가 뛰어나온 정파인들에게 무차별적인 공격을 해 댔다.

정파인들 중 간부들이 빽빽! 소리를 질렀다.

"버텨라! 도망치지 말고 자리를 사수하라!"

"곧 산 아래에서 지원군이 당도할 것이다!"

그나마 잠자다가 죽은 동료들보다는 상황이 나았지만, 잠에서 깬 지 얼마 되지 않은지라 몸의 움직임이 둔했다.

또한 정예의 대부분은 산 아래 내려가 있었기 때문에 철강시들에 대적할 만한 실력자들이 많지 않았다.

애초에 야습을 대비하지 못한 상황에서 비극은 예정돼 있는 것이었다.

"끄아아아악!"

비명이 소낙비처럼 빗발쳤다.

째애앵, 쨍쨍쨍쨍쨍!

사방에서 칼 부딪치는 소리가 울렸다.

컹, 컹컹컹!

강시견들이 짖으며 정파인들에게 달려들어 팔다리를 물어뜯었다.

"으아아악! 살려줘!"

도움을 요청하는 이들. 그러나 그 주변에는 산 자보다 죽은 자들이 더 많았다.

황수림(黃水林)의 최고수이자 장로인 혁위수는 짓쳐 드는 철강시의 가슴을 발로 쳐내고는 방금 무너진 탑으로 몸을 날렸다.

"림주님!"

무너진 탑에 하체가 깔린, 사제인 황수림주가 숨을 헐떡이며 고개를 저었다.

"사형, 나는…… 틀렸습니다."

"그 무슨 말씀이십니까? 제가 지켜 드리겠습니다. 제가 림주님을 지킬 것입니다!"

탑의 잔해를 치우려던 혁위수는 '아아' 하는 탄식을 뱉었다.

황수림주의 배가 찢어져 내장이 흘러나와 있었다. 생기를 잃어가는 황수림주는 마지막 유언을 했다.

"제자들을 한 명이라도 지켜……."

말을 채 끝맺지 못한 그의 고개가 털썩 꺾였다.

혁위수는 자신에게 달려오는 두 구의 철강시를 보며 한숨을 삼켰다. 림주의 시신을 거둘 여유도 없었다.

쇄애애액!

쨍쨍! 쨍쨍쨍!

혁위수의 검이 철강시의 도(刀)와 맹렬하게 부딪치며 불똥을 사방에 퍼트렸다.

슈가가가각!

그의 검기 어린 검이 좌측 철강시의 무릎을 그었다. 그러자 철강시가 경련을 일으키더니 풀썩 고꾸라졌다.

하지만 철강시는 다시 몸을 일으키기 시작했다.

"지독한 마물이로다!"

혁위수는 치를 떨었다.

화르르르르.

주변 여기저기에서 뱀의 혀처럼 불타오르는 화염.

비명이 끊이질 않았다.

혁위수는 주변의 철강시들이 자신을 향해 떼로 몰려오자 땅을 박찼다.

파라라라!

그의 신형이 담벼락에 올랐다. 그러고는 담벼락을 따라 질주하다가 전각의 이층 지붕 위로 도약했다.

한숨 돌린 그가 사방을 훑어보며 자신도 모르게 신음을 뱉었다.

현세에 지옥이라도 강림한 것인가.

사방이 철강시로 가득했다.

불타는 대형 막사에서 온몸에 불이 붙은 사람이 비명을 지르며 뛰어나오다가 넘어져 굴렀다. 그 뒤를 따라 막사에서 나온 철강시가 그의 머리를 발로 밟았다.

콰직!

불타던 인물의 머리가 힘없이 깨져 나갔다.

이건…… 전투가 아니라 사냥에 가까웠다.

자다가 졸지에 벼락을 맞은 꼴인 정파인들은 사방팔방 도망 다녔다. 그 사람들을 철강시들이 쫓았다.

종종 침착하게 싸우는 이들도 보였다.

특히 무당파의 유서 깊은 전각을 지키려는 무당의 도사들이 악착같이 싸웠다. 그러나 그런 이들은 더 빨리 죽음을 맞았다. 저항하는 이들에게 철강시들이 떼로 달려든 탓이다.

"이대로는…… 얼마 못 버틴다!"

그는 입술을 깨물며 지붕 위에서 뛰어내렸다. 황수림의 제자들이 거하는 전각, 운궁(雲宮)으로 달렸다.

얼마나 살아 있을지는 몰라도 그 제자들을 수습한 후 탈출을 모색해야 했다.

"부디 잘 버텨주고 있어야 할 텐데."

그는 최대한 철강시들을 피해 담벼락과 전각의 지붕 위를 달렸다. 그러고는 마침내 운궁에 당도했다.

"아!"

혁위수는 눈물이 쏟아지려는 것을 간신히 참았다. 운궁 앞마당은 이미 시산혈해였다. 때마침 마지막으로 남아 있던 제자가 쓰러지고 있었다.

쿵!

그가 쓰러지자 혁위수는 몸을 날렸다.

"이노오오옴들아!"

그는 탈출을 잊었다.

그의 머릿속은 복수로 가득 찼다. 어떻게든 버텨서 지원군과 합류하고, 이 마물들을 하나도 남김없이 쓸어버리리라!

쇄애애액!

그의 검에서 매서운 칼바람이 뻗어 나왔다.

쩌쩌쩌어어엉!

그를 덮치던 두 구의 철강시가 멈칫거렸다.

혁위수는 한 구의 철강시 머리를 왼손으로 움켜잡고, 다른 철강시의 안면에 처박았다.

그야말로 절정고수이니 보여줄 수 있는, 쾌속하면서도 절묘한 움직임이었다.

콰직.

두 구의 철강시가 뒤로 나자빠졌다. 혁위수는 운궁 앞마당에 있는 십여 구의 철강시 속으로 몸을 던졌다.

쩡쩡쩡쩡쩡! 쩌어어엉!

그의 검이 미친 듯 춤을 추며 철강시들을 베었다.

그러나 작은 생채기가 나는 것이 고작이었다. 하지만 그때마다 철강시들의 동작이 일시나마 멈췄고, 그 순간을 놓치지 않았다.

콰직, 콰직.

철강시로 철강시를 으깨고 파괴했다. 철강시의 눈을 베어 시력을 빼앗았다. 그렇게 십여 구의 철강시들을 모조리 제거한 혁위수는 허허로운 웃음을 나직하게 터트렸다.

"허허허, 허허허허."

운궁의 마당으로 이십여 구의 철강시들이 들어와 자신을 포위하고 있었다.

혁위수는 얼굴에 묻은 철강시의 검은 피를 소매로 닦고는 눈을 빛냈다.

"부디 자검 진인께서 빨리 지원 오셔야 할 텐데……."

그러지 않는다면 이곳은 몰살을 피하기 어려웠다.

＊　　　＊　　　＊

휙휙.

차가운 밤바람이 자검 진인의 뺨을 스쳤다.

그렇게 질주하는 그의 낯빛은 초조하면서도 우울해 보였다.

적의 야습으로 정파는 회복하기 어려운 피해를 입을 것이 뻔하기 때문이었다.

하지만 포기할 수는 없었다.

최대한 수습해 반격에 나서야 했다. 아니면…… 남은 무리들을 이끌고 무림서생이 있다는 절강성으로 향하는 수밖에.

아스라이 들리던 비명 소리가 점점 가까워졌다. 땅을 박차는 그의 발에 더욱 힘이 들어갔다.

그때, 그의 뒤에서 따라오던 공동파 장문인이 다급한 어조로 외쳤다.

"어르신! 자, 잠시만!"

자검 진인은 눈가를 찌푸렸다. 지금은 멈출 때가 아님을 공동파 장문인이 설마 모른단 말인가.

자검 진인은 속도를 줄이지 않고 말했다.

"무슨 일이시오?"

"마교도가 산 아래로도……."

바람처럼 달리던 자검 진인의 몸이 순식간에 굳었다. 그가 급히 멈췄다. 그러고는 몸을 돌려 산 아래를 내려다보았다.

"맙소사!"

어느 정도 높은 곳까지 이르자 산 아래 광경이 더 멀리까지 보였다. 비록 짙은 어둠이 깔린 새벽이었으나 자검 진인만 한 고수에게는 큰 문제가 아니었다.

그는 절대고수에 가까운 초절정고수였다. 심후한 내공

으로 강기까지 시전할 수 있었다.

공동파 장문인이 그의 곁에 멈춰서 함께 산을 내려다보았다.

무당산 앞의 오백여 장 거리에 위치한 구릉. 그 구릉 뒤로 마교도가 까맣게 몰려들고 있었다.

저 마교도들이 곧 저 구릉을 넘어서면, 신우문을 비롯해 산 앞에 매복하고 있는 이들도 적들을 보게 될 것이다.

공동파 장문인이 터져 나오려는 한숨을 삼키고 물었다.

"어찌 해야겠습니까?"

진퇴양난, 첩첩산중이었다.

이대로 무당파로 향하면 산 아래 있는 이들은 전멸을 피하기 어렵다. 매복하고 있다지만 전력의 차이가 너무 컸다. 또한 마교의 고수들은 강하기로 정평이 나 있지 않은가!

중과부적.

숨을 헉헉대며 당도한 태악문주가 대경해 몸을 떨었다. 그도 물었다.

"어찌할까요? 지금 우리를 둘로 나누면……."

공동파 장문인이 고개를 저었다.

"각개격파될 뿐이네."

"그, 그 말씀은…… 한 곳을 버리자는 뜻입니까?"

공동파 장문인은 침묵하며 자검 진인을 보았다. 자검 진인은 지금도 비명이 들려오는 산 중턱을 올려다보았다. 그런 후에 이제 구릉을 넘어 모습을 드러낸 마교도들을 보았다.

자검 진인이 참담한 낯빛으로 고개를 떨궜다.

"어떻게 해야 할지…… 모르겠네."

그때, 그들이 있는 곳으로 도망쳐 내려오는 몇몇 정파인들이 등장했다. 그들은 자검 진인을 보고 반색하며 외쳤다.

"장문인! 상황이 매우 급합니다. 당장 도우러 가야 합니다!"

자검 진인이 그를 향해 물었다.

"마교인가, 배교인가?"

사실 질문을 던지면서도 배교임은 짐작하고 있었다. 가까워질수록 느껴지는 기운이 지독하게 사악했기 때문이다. 단순한 마기를 넘어선 죽음의 기운만이 이렇게 사악한 기운을 풍길 것이라 생각했다.

"배교의 강시들입니다!"

"숫자는?"

자검 진인의 질문에 공동파 장문인이 고개를 끄덕였다. 일단은 천주봉을 넘어온 적들의 전력을 파악할 필요가 있었다. 그래야 전력을 어떻게 나눌지 답이 나올 테니까.

그러나 돌아오는 답은 허무했다.

"모, 모르겠습니다. 잠자다가 기습을 받았고, 바로 쫓겨서……."

그는 눈치를 살피며 말꼬리를 흐렸다. 그러자 옆에 있는 정파인이 말을 받았다.

"셀 수도 없이 많았습니다. 사방이 온통 철강시였습니다. 그리고 강시견들도 보였습니다."

자검 진인과 공동파 장문인이 서로 마주 보며 입술을 깨물었다. 애초에 이들에게 정확한 상황 파악을 바라는 것 자체가 무리라는 것을 간파한 것이다.

이들은…… 싸우지도 않고 먼저 몸을 빼낸 것이 분명했으니까.

상황은 촉박한데 묘책이 보이지 않았다. 하필 중요한 전술적 판단을 해야 할 제갈천 총군사가 야습에 나간 것도 악재였다.

자검 진인과 공동파 장문인, 그리고 태악문주가 거의 동시에 말했다.

"무당파부터……."

"산 아래로……."

"부대를 둘로 나눠……."

세 사람의 얼굴이 일그러졌다.

자검 진인 주변으로 속속 수뇌부들이 모여들었다. 그리고 아주 잠깐의 실랑이 끝에 왔던 길을 돌아가기로 결정했다.

무당파와 주변 막사의 정파인들은 산 아래로 도망쳐 올 것이라는 것이 첫 번째 이유였고, 산 아래를 마교에 빼앗기면 퇴로가 막힌다는 점이 두 번째 이유였다.

자칫 산중턱의 무당파를 도우러 갔다가 뒤로 마교도들이 들이닥치는 상황이 발생하면, 그야말로 도망칠 곳도 없어지기 때문이다.

왔던 길을 다시 달리는 정파인들의 표정은 주변을 감싸고 있는 어둠만큼이나 어두웠다.

애초에 이럴 거면 뭐 하러 힘 빠지게 움직였느냐는 생각이 들어서였다. 그러나 동료 정파인들이 야습당하고 있는데 도우러 움직이지 않는 것도 말이 안 되는 일이긴 했다.

그러면서 그들은 뼈저리게 중요한 사실을 인식했다.

뛰어난 책사 한 명만 있었더라면.

그렇다면 그가 진퇴양난의 이 상황에서 조금 더 나은 선택을 할 수 있게 조언을 하지 않았을까?

모두의 뇌리로 한 사람이 떠올랐다.

그 인물은 제갈천 총군사가 아니었다.

배교가 참전할 가능성을 대비하라고 경고한 무림서생 천류영.

그 불패의 청년이 이곳에 있었다면 묘책을 내놓지 않았을까? 아니, 그가 있었다면 이런 상황까지 몰리지 않았을지도 모른다는 생각이 들었다.

굳은 표정으로 달리는 그들의 입가로 한숨만 흘러나왔다.

*   *   *

일만여 마교도 앞에 서 있는 뇌황 교주가 옆에 있는 마갈을 보며 빙그레 웃었다.

"시작할까?"

마갈은 무당산 중턱에서 솟아오르는 불길을 보며 고개를 주억거렸다.

"대승을 미리 축하드립니다."

"하하하하!"

뇌황이 어깨까지 들썩이며 광소를 터트렸다. 그 웃음이 끝나고 명이 떨어졌다.

"정파의 씨를 말리리라! 선봉은 출진하라! 공격하라!"

"와아아아아아!"

선봉인 일천여 마인들이 먼저 앞으로 달렸다. 그리고 구천여 마인들이 여유롭게 뒤따라 걸었다.

그렇게 일만여 마인들이 내뿜는 거대한 마기가 천공 끝까지 치솟는 듯했다.

선봉의 최선두에는 배교로부터 건네받은 구악이 있었다. 복면을 쓰고 사람처럼 위장한 구악은 시뻘건 눈을 빛내며 누구보다 빠르게 달렸다.

홀로 튀어나가는 구악을 보며 뇌황이 혀를 찼다.

"저 구악을 이번에 버려야 한다는 것이 아쉽군."

마갈이 미소로 답했다.

"본 교의 품에 강시가 있다는 것이 세상에 알려지면 좋을 것이 없습니다. 또한 저 특강시는 교주님보다 배교주의 명을 더 우선시하는 것이 확실합니다."

비록 배교와 협력하고는 있지만, 결코 그들을 신뢰하지는 않았다. 만약 배교주가 음모를 꾸민다면 저 특강시가 독(毒)으로 변하는 것은 시간문제.

이번에 아낌없이 쓰고 폐기 처분하는 것이 현명한 일이었다.

무당산 앞에 매복하고 있는 정파인들은 연신 침을 삼

컸다.

어둠 속에서 마교도들이 시야를 가득 채우고 몰려오는 모습에 숨 쉬는 것조차 힘들 지경이었다. 절로 위축되어 어깨가 움츠러들었다.

숭의문주가 입술을 깨물고 고개를 저으며 나직하게 말했다.

"승산이…… 없습니다."

아직 칼을 부딪치지도 않았으니 결코 해서는 안 될 말이었다. 그것도 한 단체의 수장으로서는 더더욱 그랬다.

그러나 이 자리에 있는 이천여 명으로 마교의 대군을 막는다는 건 어불성설이었다.

솔직하게 말하자면, 마교도의 전력이 일만의 대군이 아니라 일천이라고 해도 버거웠다.

마교의 고수들은 자신들이 감당할 수 없는 것이 사실이니까. 정파가 괜히 마교를 숙적이라 여기며 두려워하는 것이 아니었다.

신우문주가 심호흡을 한 뒤 검을 빼냈다.

스르르릉.

"그래도 해야 합니다."

"……."

"여기를 빼앗기면, 우리뿐만 아니라 무당산의 모든 정

파인들이 퇴로를 잃고 죽게 될 테니까요."

"……그렇지요. 할 수 있느냐 없느냐의 문제가 아니라, 해야만 하는 일이지요."

신우문주는 계속 심호흡을 하고 말했다.

"본 문이 나아가 마교 선봉을 숲 안으로 끌어들이겠습니다."

잠시 싸우는 척하다가 힘에 부쳐 도망가는 모습을 보이려는 것이다.

마교도들이 신우문을 쫓아 산길로 어느 정도 들어서면, 숭의문과 다정궁, 적철문이 산길의 입구를 막는다.

그런 후에 뒤돌아선 신우문과 산길 주변에 매복한 남은 문파들이 합세해 마교의 선봉을 포위 공격한다.

여기에서 가장 중요한 것은 산길의 입구를 막는 이들이 뚫리지 않고 버티는 것이었다.

그사이에 어떻게든 마교의 선봉을 가둬 큰 타격을 줄 수 있다면, 사기가 오를 것이다.

그렇게 진작된 사기를 빌어 무당파로 간 정파인들이 돌아올 때까지 버티는 것이 작전의 핵심이었다.

신우문주가 앞으로 성큼성큼 걸었고, 삼백여 문도들이 뒤를 따랐다.

그것을 숨어서 지켜보는 동료 정파인들은 그들의 건투

를 기원했다.

무당산에서 걸어 나오는 신우문주는 의식적으로 어깨를 당당하게 폈다.

반 각.

반 각만 버티다가 물러나면 된다. 그 정도는 충분히 할 수 있다고 여겼다.

그는 어둠 속에서 몰려오는 마교의 선봉을 노려보다가 고개를 돌려 수하들에게 말했다.

"싸워 적들을 죽이는 것이 아니라, 막아내는 것뿐이다."

삼백여 제자들이 긴장한 얼굴로 고개를 일제히 끄덕였다.

신우문주가 소리 높여 외쳤다.

"보여주자! 정파의 저력을! 똑똑히 알려주자! 신우문의 힘을!"

"우와아아아아!"

날붙이를 든 신우문도들이 함성을 내질렀다.

제45장
출정전야(出征前夜) (二)

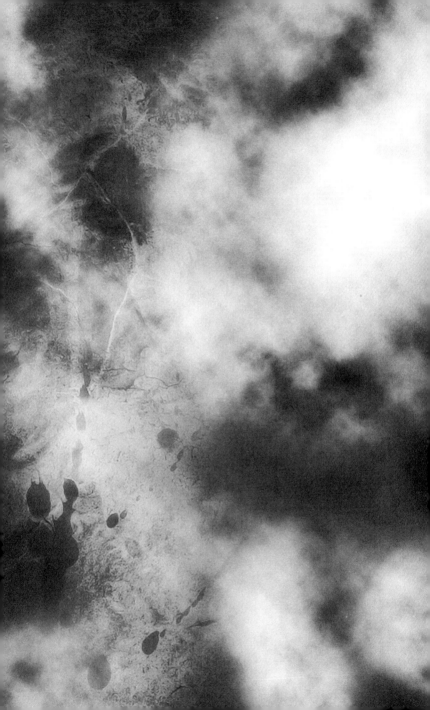

1

신우문주 좌우에 장로와 호법이 자리했다.

달려오는 마교의 선봉에서도 복면을 쓴 한 놈이 유별나게 빨리 쇄도해 오고 있었다.

분명 마교의 이름난 고수일 터!

저자가 마교의 선봉장일 공산이 컸다.

신우문주는 장로와 호법을 번갈아 보며 부드럽게 말했다.

"막는 것이 목적이지만, 사기를 위해 선봉장만큼은 단칼에 죽이는 것이 좋겠습니다. 적 선봉장을 그리 해치울 수만 있다면, 반 각 정도는 충분히 버틸 수 있을 것이니."

신우문주는 자만하지 않았다. 자존심을 내세워 마교의 고수와 일대일로 승부할 생각일랑은 하지도 않았다.

장로와 호법이 동시에 고개를 끄덕였다. 장로가 먼저 말했다.

"아무리 마교 선봉장이라고 해도 문주와 차 호법이 함께하는데 뭐가 두렵겠소?"

굳은 표정의 차 호법이 말을 받았다.

"최선을 다하겠습니다."

그들은 검을 쥔 채, 빠르게 다가오는 마교 선봉장에 집중했다.

얼굴에 복면을 쓰고 있고, 안광이 붉었다.

신우문주와 장로, 호법은 선봉장의 정체가 배교의 특강시라고는 생각하지 못하고 독특한 마공으로 인해 붉은 눈빛을 지닌 것이라 생각했다.

신우문주가 상단세의 자세를 취하며 말했다.

"옵니다."

타타탁!

이 장여 거리에서 구악이 땅을 박찼다. 순간, 신우문주와 장로, 호법은 눈살을 찌푸렸다.

선봉장에게서 흘러나오는 기운이 독특했다.

이런 것은 끈적끈적한 늪 속에서나 경험할 수 있을까?

몸서리처질 만큼 아주 기분 나쁜 느낌.

얘기로 듣던 마인의 기도와는 상당히 다른 느낌이었다.

이건 마치 죽은 자에게서나 느껴지는…….

신우문주의 눈에 이채가 스쳤다.

'죽음의 기운? 설마 강시란 말인가?'

설마 하는 생각이 들었다. 하지만 상념은 거기까지였다. 자신을 향해 떨어지는 검부터 쳐내야 할 때.

이젠 오직 대결에만 집중해야 할 시간이다.

장로와 차 호법이 선봉장의 뒤를 점하기 위해 뛰어나갔다. 그와 동시에 신우문주는 짓쳐 드는 검을 맞받아쳤다.

쩡!

"큭!"

신우문주는 자신도 모르게 신음을 토했다. 단전을 회전시키며 최대한의 내공을 뽑아둔 상태였다. 그렇게 전력을 다했음에도 형편없이 뒤로 주르륵 밀려났다.

검을 쥔 손목이 시큰했다.

뒤로 나자빠져 구를 뻔한 것을 간신히 중심을 잡았다.

그러나 신우문주는 부지불식간에 '아아……' 하는 탄식을 뱉었다.

보기 흉할지 몰라도 차라리 자빠져 구르는 편이 나았으

리라. 왜냐하면 중심을 잡는 찰나의 순간, 마교 선봉장의 검이 벼락처럼 가슴에 파고들었기 때문이다.

"크헉!"

심장을 찔린 신우문주가 단말마를 뱉었다. 전력을 다했는데도 마교의 선봉장은 한 치도 밀리지 않았다는 사실이 믿기지 않았다.

허망한 최후.

"문주!"

"문주님!"

대경한 장로와 차 호법이 검을 앞세워 구악의 등을 노렸다. 그러자 구악이 앞에 놓인 발을 비틀며 몸을 회전시켰다.

파라라라라!

구악이 걸친 흑포가 바람에 펄럭거렸다.

슈스스스슷!

구악의 검이 차 호법의 목을 베었다. 보면서도 믿기지 않는 경악할 속도와 힘이었다. 그사이에 장로의 검이 구악의 가슴을 찔렀다.

쨍!

불신이 가득한 눈이 휘둥그레 커졌다.

"헉! 금강불괴?"

분명 검으로 가슴을 찔렀는 데도 불구하고 마치 쇠와 쇠가 부딪치는 듯한 소리가 났다.

콰직!

구악의 주먹이 장로의 가슴을 뚫고 들어가 갈비뼈와 심장을 찢었다.

그야말로 창졸지간에 벌어진 참극에 신우문도들은 얼이 빠져 버렸다. 그리고 숲에서 매복한 채 지켜보던 정파의 동료들도.

구악이 신우문도들을 향해 몸을 날렸다. 그리고 마교의 고수들이 뒤를 따라 신우문을 삼켰다. 그러자 신우문도들 중 겁에 질린 이들이 뒤로 흩어져 숲으로 뛰어들었다.

매복하고 있던 정파인들과 부딪쳤지만, 아랑곳하지 않았다.

자중지란!

매복한 정파인들이 혼란에 빠졌고, 구악을 필두로 마교의 고수들이 파죽지세로 밀어붙였다.

혈누제 태상 장로가 선봉을 지휘하며 광소를 터트렸다.

무당산의 아래.

마교도들이 내지르는 고함과 흉소, 정파인들의 비명과 악다구니가 끊임없이 울렸다.

*   *   *

"하아아, 하아아……."

황수림의 장로, 혁위수는 거친 숨을 내쉬며 털썩 주저
앉았다가 곧바로 일어났다.

그의 주변으로 쓰러진 철강시만 육십여 구.

그러나 주변엔 아직 삼십여 철강시들이 서서 붉은 안광
을 뿌려 대고 있었다. 언제부터인지 정파인들의 비명이
현저하게 줄어든 상태.

짝짝짝짝짝!

누군가가 손뼉을 치며 운궁 안으로 들어섰다. 그러자
철강시들이 뒤로 물러났다.

혁위수는 거칠어진 숨을 고르며 물었다.

"배교의 주술사냐?"

방우는 턱을 치켜들며 광오한 시선으로 혁위수를 보았
다.

"이곳에 있는 자들 중엔 네가 제일 낫군."

"……."

"너 정도라면 아쉬운 대로 특강시로 쓸 만하지."

혁위수가 노염을 터트렸다.

"이노오오옴! 감히! 어찌 감히 사람을 가지고 마물을

만들려 한단 말이냐! 천벌이 두렵지도 않느냐!"

방우는 검을 검집에서 천천히 빼 들며 어이없다는 듯이 웃었다.

"크크크, 크하하하! 늙은이가 웃기는 재주도 가졌군. 천벌?"

"……."

"늙은이, 잘 들어라. 세상에서 제일 웃긴 말이 바로 그 거야. 천벌. 네가 가장 지독한 악당이라고 생각한 인물 중 천벌 받아 죽는 걸 본 적이 있나?"

방우는 다시 생각해도 웃긴다는 듯이 키득대다가 말을 이었다.

"세상의 법칙은 간단해. 벌을 내리는 건 강자고, 그걸 받는 건 약자야. 쯧쯧, 살 만큼 살았을 텐데 그 간단한 이 치도 몰랐단 말인가?"

혁위수가 방우를 노려보며 일갈했다.

"네가 저지른 악업으로 인해 너는 지옥에 떨어질 것이 다. 죽어서도 영원히 고통 속에서……."

"크하하하! 너무 웃겨서 눈물까지 나려고 하는군. 이 봐, 늙은이."

방우의 얼굴이 차가워졌다. 그는 혁위수를 향해 발을 내디디며 계속 말했다.

"나는 배교의 소교주야. 본 교가 숭상하는 게 뭔지 알아? 죽음이지. 저승의 염라대왕은 본 교의 신(神)이라고. 그런 염라대왕이 우릴 기특하게 여기지, 왜 고통을 주겠어?"

"궤변이로다!"

"우린 살아 있는 사람들에게 영원한 안식의 기쁨을 주고, 그 영광된 일을 수행함으로써 죽어서는 저승의 가장 높은 곳으로 가게 될 것이다. 그러니 어때? 본 교의 사도가 되어 그 영광된 대업을 수행하는 것이."

"닥쳐라! 사이비 종교 따위에 현혹될 노부가 아니다!"

방우가 빙그레 웃었다.

분명 그의 입은 그렇게 웃고 있는데 얼굴은 무표정해 보였다. 그래서 더 섬뜩해 보이는 그가 고개를 저으며 말을 받았다.

"또 하나의 진리를 알려주지. 미안하지만, 약자에게는 선택권이 없는 거야."

방우의 검이 혁위수의 가슴을 향해 쏘아졌다.

내공과 체력이 거의 소진된 혁위수는 이 위험한 놈을 저승 동무로 삼고자 작정하고 검을 뻗었다. 배교의 소교주라면 나쁘지 않다는 생각도 들었다.

쇄애액, 쇄애액!

두 개의 검이 서로 부딪치려는 찰나, 방우의 검이 흔들리며 갈라졌다.

혁위수의 눈이 커졌다. 검신이 갈라지다니!

그렇게 갈라진 검신이 혁위수의 검을 휘어 감았다.

혁위수는 검을 흔들어 방우의 괴상한 검을 털어내려고 했다. 그러나 내력이 바닥난 그는 성공하지 못했다.

방우의 갈라진 검은 순식간에 혁위수의 검을 휘어 감고는 손목까지 옭아맸다.

"이, 이런!"

검을 놓았어야 했다. 그러나 검사가 검을 놓는다는 것은 쉬운 결정이 아니다. 그렇게 찰나 망설인 사이, 손목을 옭아맨 방우의 괴검은 거침없이 팔을 감으며 올라갔다.

혁위수는 그제야 방우의 괴검이, 진짜 검이 아니라 편(鞭)이라는 것을 눈치 챘다.

방우의 편은 탈진한 혁위수의 목을 휘어 감기 시작했다.

"끄르르륵."

혁위수는 입을 쩍 벌린 채 몸을 떨었다. 그렇게 질식해 죽어가는 혁위수를 지그시 바라보던 방우가 기이한 주문을 외우기 시작했다.

"차우라하 사하마니 옴바 가추로이사⋯⋯."

약 백여 단어를 빠르게 내뱉은 방우가 혁위수 앞에서 눈을 마주쳤다.

까만 동공이 사라져 흰자만 남은 혁위수의 눈.

방우가 괴검, 아니, 괴편을 들고 있는 손을 가볍게 털었다. 그러자 혁위수의 팔과 목을 조르던 괴편이 풀리고, 그가 땅바닥에 고꾸라졌다.

"데리고 가라. 괜찮은 특강시를 만들 수 있을 듯하니."

그의 곁에서 지켜보던 주술사가 혁위수를 들쳐 업고 움직였다. 방우는 근처에 있는 오층 전각에 올랐다. 오층에서 내실로 들어간 그는 창문을 열어 지붕으로 빠져나왔다. 그러고는 주변을 훑어보았다.

싸움은 사실상 끝난 거나 다름없었다.

도망갈 놈은 도망갔고, 대부분은 죽었다. 그리고 버티고 있는 놈들은 별로 보이지 않았다. 무당의 일부 도사들이 사문을 지키기 위해 군데군데 모여 악착같이 저항하고 있지만, 정리되는 것은 시간문제였다.

철강시의 피해는 어느 정도일까?

방우는 고개를 저었다. 부질없는 일이니까.

어차피 오늘 데리고 온 철강시들은 결국 마교도의 손에 모조리 폐기될 것이다. 그것이 무상 손거문을 얻기 위해 마교와 거래한 대가였다.

이곳에서의 전투가 끝나면 남은 철강시들을 인근 마을들에 침투시킬 것이다. 그 철강시들을 마교가 뒤쫓아 제거하게 될 것이고.

그럼 세상에 아주 재미있는 소문이 날 것이다.

마교가 정파뿐만 아니라 배교의 강시까지 제압했다고.

배교와 싸웠다는 이야기는 마교주가 패왕의 별에 다다르는 데 꽤 그럴듯한 명분을 만들어줄 테고.

방우는 낮게 웃었다.

"크크큭, 우리의 힘을 빌리면서 본 교를 그따위로 취급하다니. 후회하게 될 거다. 뇌황, 그리고 마갈. 우리가 곧 너희에게 천벌을 내려줄 테니."

천벌을 내리는 건 강자의 특권이다.

아직 남아 있는 일천삼백여 구의 철강시와 강시견 칠십 마리가 산을 내려가기 시작했다.

*　　　　　*　　　　　*

어둠이 깔려 있는 무당산은 피비린내가 진동했다.

"막아라! 막으란 말이야아아!"

정파인 중 누군가가 악다구니를 썼다. 그건 차라리 절

규였다. 하지만 그의 간절한 외침은 허사로 돌아갔다. 결국 이차 저지선도 뚫린 것이다.

이젠 어쩔 수 없이 각개전투로 들어가야 했다. 말이 좋아 전투지, 개인의 판단으로 살아남아야 하는 각자도생과 다름없었다.

"으아아아악!"

비명을 지르며 무너지는 정파인들.

그들은 산 아래에서부터 올라오는 마교도와 밑으로 쏟아져 내려오는 철강시들에게 갇혀 진퇴양난의 상황이었다.

포위를 뚫고 나가야 하는 마당에 계속 밀리다가 저지선까지 붕괴된 상황이니, 이보다 더 참담할 수 없었다.

죽어가는 정파인들이 피눈물을 흘렸다.

그 동료의 복수를 위해서, 그리고 어떻게든 적의 마수에서 벗어나려고 몸부림치던 정파인들도 차례차례 목숨을 잃어갔다.

"힘을 내라! 포기하지 마라!"

피투성이인 자검 진인이 울분을 삼키며 목 놓아 외쳤다. 그러나 그 자신도 알고 있었다.

정파는 대패했다는 것을.

문제는 어떻게든 탈출로를 찾아야 하는데, 그것마저 쉽

지 않다는 점이었다.

캄캄한 어둠은 적의 주력이 어디에 있는지 알 수 없게 가려 버렸다. 또한 위아래의 저지선이 모두 붕괴된 상황에서 뿔뿔이 흩어진 정파인들의 주력도 어느 곳에 있는지 파악할 수 없었다.

이젠 그저 눈에 보이는 적들과 무조건적으로 싸워야 하는 상황.

자검 진인은 마교도들을 향해 검기를 뿌리면서 자책했다. 수뇌부가 현명했더라면 이와 같은 비극은 피할 수 있었을 터인데.

그는 주변에서 비명을 지르며 죽어가는 정파인들의 얼굴을 볼 면목이 없었다. 그래서 더욱 앞에 있는 적들에 집중했다.

파아아아앗!

"컥!"

악착같이 덤비던, 마교 백랑대의 부대주라는 놈을 삼십여 초 만에 죽였다. 그때, 자검 진인의 고막에 다급한 외침이 파고들었다.

"어르시이이인!"

쨍, 쨍쨍쨍!

자검 진인은 좌측에서 달려드는 마교도의 기형도를 몇

차례 튕겨내고 곧바로 숨통을 끊었다. 그러고는 곧장 공동파 장문인을 돕기 위해 몸을 날렸다.

컹, 컹컹!

강시견이 자검 진인에게 달려들다가 발길질에 목뼈가 부러졌다.

그런 후, 그는 삼 장여 앞에 위치한 바위 앞에서 왼팔이 사라진 공동파 장문인을 찾을 수 있었다.

쇄애애액!

자검 진인의 검에서 뿜어져 나온 초승달 모양의 강기가 공동파 장문인을 덮치는 인영을 향해 폭사했다.

퍼퍼퍼퍼어엉!

자검 진인은 쓰러져 있는 공동파 장문인에게 다가가 그를 일으켜 세우려다가 숨을 들이켰다. 방금 자신의 강기를 얻어맞은 복면사내가 다시 다가들고 있던 것이다.

"어, 어찌!"

부우우우웅!

몸서리처질 만큼 기분 나쁜 기운과 함께 거대한 검풍, 그리고 검기가 덮쳐 왔다. 자검 진인은 몸을 피하려다가 움찔했다. 지금 자신이 피하면 공동파 장문인이 고스란히 맞게 될 터.

공력을 아끼기 위해서 많은 내력이 필요한 상승 무공은

가급적 자제해 왔다. 그러나 지금은 그럴 수가 없었다.

자검 진인은 어금니를 깨물고 호신강기를 끌어 올렸다. 그러자 화산파의 자하신공이 일어나 그의 몸을 자색 기류로 감쌌다.

퍼퍼퍼어엉!

자검 진인의 주변에서 폭음이 일었다. 그는 미간을 찌푸린 채 붉은 안광의 사내를 쏘아보다가 흠칫거렸다.

"사람이 아닌 마물이로구나!"

지이이이잉!

자검 진인의 검에서도 자줏빛이 피어났다. 계속 그를 뒤따라 다니던 태악문주와 지척에서 싸우던 화산의 장로들이 합류해 구악을 향해 몸을 날렸다.

*　　　　*　　　　*

까맣던 동녘 하늘이 쪽빛으로, 그리고 회색으로 변하는 듯하다가 조금씩 붉어졌다.

일출(日出).

대지 위로 모습을 드러낸 태양이 붉은빛을 무당산에 뿌렸다.

자검 진인은 나무에 기대 숨을 헐떡이며 앞을 보았다.

땅에 누워 있는 마물의 붉은 안광이 점멸해 있었다.

한 시진이 넘는 악전고투 끝에 이 마물을 잡았다. 그러나 희생은 이루 말할 수 없이 컸다.

공동파 장문인과 태악문주, 아현궁주, 그리고 화산과 아현궁의 이십여 장로들이 죽었다. 또한 자신도 발목을 잃고 왼팔이 부러졌다.

그리고 이 마물에 많은 고수들이 달라붙는 바람에 정파의 피해는 더 커질 수밖에 없었다.

빙봉과 개방주로부터 배교에 특강시라고 불리는, 무시무시한 괴물이 있다는 얘기는 들었다.

그러나 아무리 생각해도 그때 들은 것보다 눈앞에 있는 마물은 훨씬 더 강했다.

혹시 전설로 내려오는, 강시왕이란 것이 아닐까 라는 생각마저 들었다.

"하아아……."

자검 진인은 자꾸만 감기려는 눈꺼풀을 힘겹게 밀어 올리며 사위를 훑었다.

울창하던 숲이건만 이젠 성한 나무를 찾기 어려울 지경이었다. 전투는 사실상 막바지였고, 사방은 시체로 가득했다.

어디선가 고함과 비명이, 그리고 칼 부딪치는 소리가

아스라이 들려왔지만, 그 규모가 크지 않다는 것을 느낄 수 있었다.

그렇게 죽어가는 자검 진인에게 한 무리가 다가왔다.

무리의 선두에 있는 백발사내가 입을 열었다.

"흥미로운 싸움, 잘 구경했다. 과연! 화산파에는 자검 진인이 있다는 말이 허언이 아니었군."

자검 진인은 백발사내가 마교주 뇌황이라는 것을 직감적으로 알았다. 뇌황이 입은 옷은 피 한 방울 묻지 않고 깨끗했다.

"허허, 명색이 교주라는 작자가 싸움에 나서기는커녕 구경이나 하고 있었다니……. 그래 가지고 패왕의 별로 불릴 수 있겠나?"

뇌황이 같잖다는 표정으로 잠시 웃고 말했다.

"그건 너희들이 형편없어서다. 조금이라도 긴장을 할 만한 적이었다면 내가 나섰겠지만, 패왕의 별이 될 이 몸이 너희 같은 버러지들을 상대하기 위해 직접 나설 필요는 없지 않은가?"

자검 진인은 쓰게 웃었다.

"후후후, 배교 같은 무리와 손을 잡은 작자가 할 말은 아닌 것 같군."

"쓸데없는 걱정을 하는군. 결국 힘이 모든 것을 해결해

줄 터인데. 그리고 세상은 본 교가 배교와 협력했다는 사실을 알 수 없을 것이다."

"글쎄, 과연 그럴까? 진실은 결국 드러나는 법이지."

스르르릉.

뇌황은 검을 빼 들며 말했다.

"그래도 자검 진인의 수급이라면 취할 만한 가치가 있겠지. 네 목을 본 교의 군영 앞에 걸어두마."

"……."

"저승에서 네 뒤를 따라갈 정파 놈들을 환영해 주라고. 곧 무림서생과 그 떨거지들도 보내줄 테니."

스르르 감기던 자검 진인의 눈이 떠졌다. 그는 희미한 미소를 지으며 말했다.

"그렇군. 그 청년이 남아 있었군. 그렇다면 아직 정파에도 희망이 남아 있는 건가?"

뇌황이 우습다는 표정으로 대꾸했다.

"실현되지 못할 희망은 더 잔인한 법이지."

자검 진인은 그런 뇌황을 흘낏 올려다보았다가 중얼거리듯이 독백했다.

"이제야 알겠군. 내가 정파의 큰 어른으로서 가장 잘못한 일을. 그저 내 성정과 맞지 않는 자리에 있는 것이 잘못이라고 생각했는데…… 허허허, 그러고 보니 나쁜만 아니라 교주, 당신도 그렇군."

검으로 자검 진인의 목을 베려던 뇌황이 손을 멈췄다. 호기심이 일었다.

"그게 뭐지?"

자검 진인이 소리 없이 웃고는 말했다.

"나를 비롯한 정파의 수뇌부에겐 무림서생이겠고, 당신에게는 천마검이 되겠지."

뇌황의 눈이 차가워졌다.

"무슨 뜻이냐?"

"뛰어난 인재를 이런저런 핑계로 외면했다는 점. 허허허, 교주도 나를 비롯한 정파의 명숙들처럼 밴댕이 소갈딱지 같으니 결코 패왕의 별이 될 수 없을 것이오. 그리고 나와 같은 전철을 밟겠지."

자검 진인은 자책했다.

자신의 가장 큰 잘못은 이 거대한 전쟁에서 두각을 나타낸 무림서생을 어떻게든 중용해야 했다는 것이었다. 아니, 그가 전서구로 보내준 조언들을 조금만 더 깊이 고려했다면 이런 비극은 피할 수 있었을 터인데.

인사(人事)가 만사(萬事)다.

그런 인재를 명문 무가가 아닌 짐꾼 출신이라는 점 때문에, 공고하고 안정되어 있는 기존 질서를 그가 훼손할 수 있다는 우려 때문에 외면했다.

자신들은 그렇게 변방 출신의 인재들을 역도태 시키며 개혁을 거부하고 안정을 추구했다.

하지만 개혁과 변화를 경계하며, 자신의 주변에 화려하게 쌓아 올린 영광의 실체는 모래성에 불과했다. 이렇게 진짜 위기가 닥치면 와르르 무너져 버리는.

"건방진! 패왕의 별이 될 내가 밴댕이 소갈딱지라고?"

자검 진인은 뇌황의 노성에 대꾸하지 않았다. 그저 자신의 염원을 담은 말을 중얼거렸다.

"무림서생, 염치없지만 정파를 부탁하네."

뇌황이 더 이상 못 들어주겠다는 듯이 검을 휘둘렀다. 자검 진인의 목이 베어져 머리가 땅에 떨어졌다.

마교는 사상자가 칠백여 명에 불과할 정도로 대승을 거뒀다. 이로써 정파는 사실상 붕괴된 것이나 마찬가지였다.

세상의 정파인들은 침식을 잊고 술독과 절망에 빠져들었다.

물론 정파에는 아직 무림서생의 세력이 남아 있었으나, 기세를 탄 마교에 비해 역부족이라는 의견이 주를 이뤘다. 여기에 헛소문까지 퍼졌는데, 똑똑한 무림서생이 결국은 대세를 읽고 마교에 투항할 것이라는 풍문이었다.

그가 정파의 무가에서 자란, 뼛속까지 정파인이 아니기 때문에 나온, 그럴듯한 추론이었다.

또한 무상 손거문은 천마검과의 대결에서 입은 중상으로 목숨을 잃었다는 소문이 퍼져 나갔다.

그 사실을 뒷받침하는 증거로 사육주가 내부 권력 다툼에 빠져든 것을 들었다. 무상이 건재하다면 그런 일이 발생할 수 없었으니까.

결국 세인들은 패왕의 별이 마교주 뇌황이라고 공공연하게 떠들기 시작했다.

더 나아가 마교가 지배하는 무림이 어떻게 변할 것인지 곳곳에서 난상토론이 벌어졌다.

2

출정을 하루 앞둔 무림맹 절강 분타는 온종일 부산했다. 많은 사람들이 끼니를 제때 챙겨 먹지 못할 정도로 바빴다.

그러나 천류영은 정말 오래간만에 휴식을 즐겼다.

창가에 붙은 다탁에 턱을 괴고 앉아, 늦은 오후의 따스한 햇볕을 쬐던 그는 왠지 모를 위화감을 느꼈다.

창밖 아래로 보이는 풍경.

수많은 무인들이 정신없이 움직이고 있었다. 많은 이들이 짐을 날랐고, 어떤 이는 상관의 심부름을 하는지 여기저기 뛰어다니고 있었다.

"짐을 저렇게 짊어지면 어깨가 금방 뭉칠 텐데…….."

진산 표국에서 쟁자수로만 칠 년을 살았으니 직업병이 도지는 듯했다.

천류영은 그렇게 중얼거리다가 자신의 현 위치를 새삼 자각하고는 피식 웃었다.

사령관인 자신이 내려가 함께 짐을 나르겠다고 하면 오히려 민폐만 될 뿐이었다. 무인들이 손사래를 치며 난리를 칠 것이 빤했다.

백성들과 땀 흘리며 소통하는 것과는 별개의 사안.

천류영은 오랜만에 느끼는 이 여유가 오히려 부담스럽다는 생각마저 들었다. 머릿속은 무당산에 있는 정파 걱정으로 한 가득인데, 제대로 된 휴식이 될 리 없었다.

혹시 정파가 선전해 마교를 물리치는 건 아닐까?

천류영은 상황을 천천히 점검하다가 이내 고개를 저었다.

이만 명이라는 정파의 병력은 확실히 그 자체만으로도 위압적이었다. 그런데 그 전력을 가지고도 무당산에서 나오지 않는다는 것은, 겉으로는 기세등등한 척하지만 속으로는 마교를 두려워하고 있다는 반증이었다.

큰 전공을 세워 패왕의 별이 되기를 갈망하면서도 자신과 사문이 잘못될까, 혹은 피해를 입을까 저어하는 것이다. 그건 정파가 연전연패당하면서 마교의 저력을 이미 인정하고 있다는 얘기였다. 물론 그럴수록 겉으로 호탕한 척하겠지만.

그들의 심리가 그러니 최대한 유리한 고지에서 싸우기를 고집하며 평지에서의 회전(會戰)을 피하는 것일 터이고.

천류영은 다탁 위에 놓인 식은 차를 마시고 고개를 저었다.

"이곳에서 내가 아무리 고민해 봐야 소용없는 짓이지. 선전을 기대하는 수밖에."

그는 기지개를 켜다가 벽의 검좌대에 올려져 있는 무애검에 시선이 닿았다.

"배교주의 검이라……."

전날 낭왕은 천류영에게 충격적인 말을 전해주었다. 무애검이 배교 교주의 신물이었다는 얘기였다.

오백오십여 년 전, 배교가 당시 마교의 교주였던 천마에 의해 축출되는 과정에서 배교주가 무애검을 잃어버렸다. 그리고 긴 세월 동안 수많은 사람들의 손을 거치다가 여기까지 흘러 들어오게 된 것이다.

천류영은 자리에서 일어나 검좌대로 이동해 무애검을 잡았다.

예전에는 잡을 때마다 기이한 느낌을 받았는데, 지금은 아무렇지도 않았다. 이 안에 아흔아홉 무림인의 혼백과 그들이 지니고 있던 내공의 일부가 담겨 있다는 것이 믿기지 않았다.

아니, 이제 검에 깃들었던 그들의 내공은 낭왕과 자신이 전수받았다. 그렇게 힘을 잃은 아흔아홉의 원혼은 검을 쥔 사내에게 말을 건넬 수도 없었다.

그저 검의 주인을 지켜볼 뿐.

무애검에 깃든 힘이 사라졌다고 해도 여간해서는 부러지지 않을 것이다. 긴 세월, 그들의 힘이 검신에 스며들었을 테니까.

풍운도 단단하기로는 세상의 어떤 검보다 뛰어날 것이라고 평했다.

천류영은 쥐고 있는 검에 아흔아홉의 원혼이 들어 있다는 생각에 왠지 오싹한 기분이 들었다. 그러나 곧 목면 천을 가져와 정성껏 검신을 닦았다. 그들의 사연은 위로해야지, 두려워할 것이 아니기에.

무애검의 원 주인이었던 배교주는 여인이었다.

그것도 경국지색이었다. 동시에 극성의 흡정마공(吸精魔功)을 익혀 사내의 양기를 빨아들이는 마녀였다.

그녀의 미모에 홀린 무림 고수들은 사랑이라고 믿었지만, 짧은 쾌락의 대가로 목숨을 잃었다. 그것도 혼백이 저승조차 가지 못하고 칼에 갇히는 참담한 운명으로.

천류영은 한참 검신을 닦다가 한숨을 내쉬며 천을 내려놓았다.

"어떻게 해야 당신들의 혼백이 승천할 수 있을까요?"

무애검의 원령들에게는 몇 가지 제약이 걸려 있었다. 그 모두를 말해줄 수 없는 신세라고 했지만, 두 가지에 대해선 무애검이 언급했다.

첫째, 검의 주인을 죽일 수 없다. 단, 검의 주인이 검을 배신하는 경우에는 가능하다.

둘째, 검이 깨지는 순간 혼백은 승천의 기회를 잃고 영원히 소멸한다. 그러니 혼백들은 검신이 깨지지 않게 지켜야 한다.

천류영은 무애검을 검좌대에 올려두며 중얼거렸다.

"예전에 나에게 인과율을 언급했지. 원인이 있으니 결과가 있다. 흐음……."

천류영의 눈에 이채가 스쳤다.

검에 갇히게 된 가장 큰 원인은 바로 배교주였다. 그

배교주를 죽이면 되는 걸까?

하지만 그 마녀는 죽은 지 오래다.

그녀의 후손인 지금의 배교주를 죽이면 되려나?

천류영은 무애검과 나눈 대화를 떠올렸다.

무애검은 천류영의 무공 실력보다 인성에 더 가치를 두었다. 그건 혹시 공포의 상징과 같은 배교를 척결할만한 협의지심(俠義之心)과 용기를 갖추고 있다고 생각했기 때문일까?

만약 이런 추론이 사실이라면, 무애검은 왜 자신에게 그 답을 가르쳐 주지 않았을까?

'배교주가 그 말을 하지 못하도록 제약을 걸어뒀을 수도 있겠군.'

천류영은 무애검을 멀뚱멀뚱 보며 고심을 거듭했다.

"흐음, 그런데 검의 주인이 검을 배신한다는 것이 가능한가? 아! 검에 깃든 힘을 사용하면서 그 원혼들이 원하지 않는 일에 힘을 쓴다는 뜻일지도."

그의 눈에 이채가 스쳤다.

어쩌면…… 배교주는 이 검을 잃어버린 것이 아니라 감당할 수 없게 되어 일부러 버린 것이 아닐까? 검에 깃든 힘이 예상보다 훨씬 커지면서 배교주가 두려워했을 수도 있지 않을까?

그렇다면 배교주는 검을 없애려고 했을 것이다. 부러뜨리거나 깨뜨릴 수조차 없으니, 깊이 파묻었을지도. 그걸 누군가가 우연히 발견했고.

하지만 이것은 어디까지나 천류영의 추정일 뿐이었다. 그러나 그는 이런 추론을 좋아하기에 계속 상상의 나래를 폈다.

땅거미가 지는 시간까지, 그렇게 한참을 무애검 앞에 서 있는데, 문이 열리고 독고설과 풍운이 들어왔다.

독고설은 오른손에 쟁반, 왼손에 찻병을 들고 있었다.

"입이 심심할 것 같아서 주전부리 좀 가져왔어요. 푹 쉬고 있는 거죠?"

"주전부리? 조금 있으면 저녁을 먹어야……."

천류영은 제 말을 끊고 쟁반 위에 놓인 것들을 보며 쓴웃음을 지었다. 말이 주전부리지, 녹용과 산삼같이 몸에 좋다는 보약들이었다.

독고설이 말했다.

"식사 전에 먹어야 좋대요. 내일부터 강행군인데, 이 정도는 먹어줘야죠."

풍운이 먼저 다탁에 앉으며 힐난했다.

"하여간 설이 누님이 형님 챙기는 거 보면 눈꼴시어서 못 보겠어요."

천류영은 독고설로부터 쟁반을 받아 들고는 함께 다탁에 나란히 앉았다. 독고설은 풍운을 흘겨보며 딱딱하게 말했다.

"그러니까 너도 연애하라고."

"허구한 날 싸우러 돌아다니는데 연애할 시간이 어디 있어요?"

"멀리서 찾을 이유가 있어? 수화 황보연 있잖아."

"어? 아직 여기에 있어요?"

"그래. 황보세가에서도 버림받은 거나 다름없는 신세라는데? 너 정도 되는 고수를 데려오지 않으면 돌아올 생각 하지 말라고 했다더라."

풍운이 미간을 찌푸리며 고개를 저었다.

"사정이 딱하긴 한데, 저는 이상하게 그 소저한테 호감이 안 가요. 못생긴 것도 그렇고."

녹용을 먹으려던 천류영이 기함해 눈을 치켜떴다.

"무림오화 중 하나인 수화 소저가 못생겼다고? 농담이지?"

독고설이 슬쩍 천류영의 허벅지를 툭툭, 치고는 샐쭉한 표정으로 말했다.

"애가 여자 보는 눈이 좀 이상해요."

천류영은 고개를 절레절레 저으며 동의했다.

"아직 그 소저를 본 적은 없지만, 무림오화가 못생겼다는 말은 처음 듣네. 말 나온 김에 보러 갈까? 어디에 있는데?"

천류영이 의자에서 엉덩이를 떼는데, 독고설이 굳어진 얼굴로 그의 팔을 잡아당겨 다시 앉혔다.

"오라버니는 못 가요. 안 돼요. 절대!"

"응? 왜? 그래도 황보세가의 영애인데, 인사는 해야지."

독고설은 입술을 지그시 깨물었다. 그 모습에 풍운이 배를 잡고 웃었다.

"하하하하, 설이 누님도 질투를 해요?"

풍운의 말에 천류영이 당황하며 설마 하는 표정을 지었다. 독고설은 풍운을 매섭게 노려보며 퉁명스럽게 쏘아붙였다.

"어쨌든! 너는 얼굴 한 번은 비쳐. 가뜩이나 얼굴에 흉이 져서 네 앞에 나서지도 못하는데, 불쌍하지도 않아?"

풍운이 웃음을 그치고 눈매를 좁혔다.

"얼굴에 흉이 졌어요? 왜요?"

"사파와 붙었을 때, 그 애도 나서서 싸우다가 칼에 베였어."

풍운의 눈가가 절로 찌푸려졌다.

수화 황보연은 미모로 유명했지, 무공 실력은 젬병이었다. 그의 생각으로는 절대 그런 전투에 참전할 실력이나 용기가 없는 여인이었는데, 왜 그랬을까?

"그래요? 그 소저도 참 운이 없는 것 같네요. 납치를 당하질 않나, 얼굴에 칼자국까지…… . 우울증은 나아졌나 모르겠네."

"그러니까 네가 가서 말이라도 한 번 붙여줘. 네가 왔다는 얘기를 들었는데도 나서지 않는 것을 보면 안됐다는 생각이 들더라."

풍운은 들고 있던 찻잔을 내려놓으며 앓는 소리를 냈다.

"끄응, 어차피 그 소저와 저는 인연이 아니에요. 조금이라도 뭔가 끌리는 게 있어야 하는데, 그런 게 전혀 없다고요. 그런데 괜히 위로한답시고 다정한 말을 건네는 건, 오히려 상처만 주는 짓이라고요."

천류영은 둘이 옥신각신하는 모습을 보며 빙그레 미소 지었다. 그러자 독고설과 풍운이 설전 아닌 설전을 멈추고는 이상하다는 표정을 지었다. 풍운이 물었다.

"왜 웃어요?"

천류영은 어깨를 으쓱하며 답했다.

"그냥 이게 행복인가 싶어서."

"예?"

"이렇게 일상적인 모습이 참 행복하다는 느낌이 들었어."

"……."

"소중한 사람들과 소소한 것들을 얘기하며 서로 마주 보고 있는 이 시간이 참 아름답구나 싶어서."

독고설과 풍운이 서로 마주 보다가 함께 미소 지었다.

그러고 보니 자신들은 늘 천하무림의 정세나 무공에 관한 것만 대화를 나눴다. 너무 거창하고 커다란 것만 보다가 지인들과 소소한 얘기들을 나누지 못했다.

독고설이 괜히 웃음을 터트리며 천류영의 허벅지를 두들겼다.

"호호호호, 그러네요. 정말."

풍운도 어둠이 내려앉는 창밖을 보며 고개를 끄덕였다.

"형님 말이 맞네요. 이런 여유…… 아주 오랜만이에요."

그는 의자의 등받이에 몸을 눕히고 사지를 쭉 펴며 말을 이었다.

"내일부터는 또다시 지겨운 강행군이지만 말이죠."

천류영은 풍운을 보며 망설이다가 말했다.

"가보는 게 좋을 것 같아."

"예?"

"황보 소저."

"음, 그건 제가 방금 말했다시피……."

천류영이 풍운의 말을 끊었다.

"그녀가 널 좋아한다며? 그리고 얼굴에 상처가 생겨 네 앞에 나서지도 못하고 있고."

"……."

"그녀가 정말 싫다면 모를까, 그저 연인으로 호감이 없다는 이유로 외면하는 건 그녀에 대한 예의가 아니야. 연인이 아니면 친구로 지내는 것도 좋지 않을까? 그것도 부담스러우면 길 가다 마주칠 때 인사를 나누고 대화를 하는 정도도 괜찮을 것 같고. 무작정 피하는 건…… 정말 아니라고 생각해."

독고설이 천류영의 허벅지를 탁탁, 치며 동의했다.

"동감. 네가 그녀에게 뭔가를 약속해 주라는 게 아니잖아. 그냥 그동안 잘 지냈냐는 안부 정도는 건넬 수 있잖아? 황보 소저가 눈치가 영 꽝인 사람도 아니니, 편하게 마음을 정리할 수 있게 네가 도와줘."

풍운이 볼멘소리로 투덜거렸다.

"미안하니까 그렇죠."

천류영이 부드러운 중저음으로 말했다.

"출정전야(出征前夜)잖아. 정리해 둘 수 있는 건……
정리하는 게 좋지."

풍운은 천류영의 말을 받으며 고개를 끄덕였다.

"출정전야라……. 하긴, 생각해 보니 죽엽청 빚도 아
직 못 갚았네요. 저녁 겸 해서 죽엽청 빚이나 갚아야겠어
요."

천류영이 의아한 얼굴로 물었다.

"죽엽청 빚?"

"처음 만났을 때…… 뭐, 그런 게 있어요."

풍운이 자리에서 일어나며 독고설을 보고 묘한 눈빛을
흘렸다.

"이러려고 황보 소저 얘기 꺼낸 거죠?"

"응? 무, 무슨 말이야?"

독고설이 당황하며 말을 더듬자 풍운이 키득거렸다.

"크크큭, 형님과 오붓하게 있고 싶어 하니 불청객은 이
만 빠집니다."

그가 손을 흔들며 걷자 독고설이 시치미를 뗐다.

"오해야!"

"괜찮아요. 형님 말마따나 출정전야잖아요. 아까 보니
팽 소협도 빙봉 누님을 졸졸 따라다니던데."

"오해라니까!"

"예예, 알았어요. 그래도 형님 허벅지는 그만 좀 때려요. 앞에 있는 사람 불편해서 죽는 줄 알았다고요."

풍운이 내실을 나갔다. 그가 남긴 말들이 내실에 남아 천류영과 독고설이 어색한 표정을 지었다.

독고설이 말했다.

"신경 쓰지 마세요. 풍운이 장난으로 한 말이니까."

"알아."

잠깐 침묵이 흐르고 그녀가 물었다.

"식사하러 가야죠?"

천류영이 일어나며 답했다.

"그래야지."

"떠날 채비는 다 끝냈어요?"

"훗, 네가 오전 내내 옆에 붙어서 챙겨줬잖아."

독고설도 일어나며 담담하게 말했다.

"저녁 먹고는 뭐 할 거예요?"

"산책 좀 하고 자야지."

독고설은 고개를 끄덕이며 물었다.

"산책…… 같이해도 될까요?"

천류영은 뭘 그런 것을 묻느냐는 표정을 지었다. 그러자 독고설이 어깨를 으쓱하며 배시시 웃었다.

"생각할 게 많을 텐데, 괜히 방해가 되는 건 아닌가 해서."

"전혀. 청화와 함께 산책하는 행운을 차버릴 정도로 내가 멍청한 사내는 아니라고."

독고설이 수줍어하며 하얗게 웃었다. 마치 수많은 꽃이 동시에 활짝 피어나는 듯한 모습에 천류영이 한숨을 쉬고 말했다.

"미안."

"예?"

"더 이상은 무리야."

천류영은 독고설을 덮치듯 안고는 입을 맞췄다. 그녀의 등과 허리를 꽉 안고 입술을 탐했다.

길고도 깊은 입맞춤을 끝낸 천류영이 거칠어진 호흡을 고르며 떨어졌다.

"미안."

눈을 감고 있던 독고설이 고개를 저으며 속삭였다.

"전혀요. 그리고…… 출정전야잖아요."

천류영이 잠깐 망설이다가 말했다.

"저녁 먹고 산책을 한 다음에 오늘 밤……."

독고설은 천류영의 말을 끝까지 다 듣지도 않고 냉큼 입을 열었다.

"물론요! 출정전야잖아요."

너무 적극적인 의사 표현이었다는 생각에 독고설이 얼굴을 붉혔다. 천류영은 그런 그녀를 다시 안으며 생각했다.

이 소소한 행복이 앞으로도 오래오래 지속되기를, 부디 마교와의 싸움에서 살아남을 수 있기를.

3

내실을 나온 풍운은 황보연의 처소로 향했다. 그러나 그녀가 거처를 옮겼다는 말에 고개를 갸웃거렸다.

"심화전(深和殿)?"

심화전은 화선부 여인들이 머무르는 곳이었고, 그곳의 일층에는 부상자들이 있었다.

그는 딱히 별생각 없이 심화전의 일층으로 들어섰다.

수십여 침상들 위에 부상자들이 누워 있었다.

풍운이 그들을 돌보고 있는 화선부 의원에게 다가가 물었다.

"혹시 황보 소저가 여기에 머뭅니까?"

그를 본 부상자들이 모두 상체를 일으켜 앉고는 목례를 했다. 풍운이 그들의 인사를 받는데 환자 중 한 명이 크게 웃었다.

"하하하, 드디어 풍운 소협께서 선녀님의 마음을 받아 주시는 겁니까?"

풍운이 당황하며 말을 더듬었다.

"서, 선녀요?"

풍운에게 처음 질문을 던졌던 화선부 의원이 손으로 입을 가리고 웃다가 말했다.

"여기에 있는 사람들이 수화 아가씨를 그렇게 불러요."

그녀는 굳이 묻지도 않은 말까지 친절하게 덧붙여 주었다.

"귀한 분이 이곳에서 궂은일도 마다하지 않거든요. 이불부터 환자들의 속옷까지 다 빨아주고 잔심부름도 도맡아서 해요."

풍운의 눈이 휘둥그레졌다.

"예? 황보 소저가요?"

"네. 그러지 말라고 하는데도 밥만 축낼 순 없다고. 그 아가씨 덕분에 저희들이 편하게 일하네요."

"그, 그래요?"

"전각 뒤에 있는 우물가에 가면 보실 수 있을 거예요. 빨래를 다 마치고 저녁을 먹는다고 했거든요."

"네……."

풍운은 그 가냘파 보이는 황보연이 수십여 명의 옷과 이불을 도맡아 빨래한다는 사실이 믿기지 않았다.

아니, 가냘파 보여서가 아니었다. 그녀가 황보세가의 영애이기 때문이다. 그런 일을 해본 적이 없을 텐데.

그러고 보니 아까 설이 누님이 했던 얘기도 그냥 넘어가기는 했지만 이상했다. 수화 황보연이 사파와의 회전에 참여해 칼을 들고 싸웠다니.

풍운은 자신을 향해 천류영을 잘 보필해 달라는 성원을 들으며 심화전을 나왔다. 전각을 돌아가니 우물가에서 황보연이 정말 빨래를 하고 있었다.

풍운은 스스로도 까닭을 알 수 없었지만, 기척을 숨기고 그녀의 모습을 보았다.

물이 차가운지 가끔 손을 호호 분다.

그러고 보니 심화전의 우물이 유달리 차갑다는 말을 들은 적이 있다. 그런 이유로 고열에 시달리는 환자를 위해서 화선부가 이곳을 거처로 삼았다고 했다.

때로는 손등으로 이마의 땀을 훔치며 빨래하고 있는 황보연의 모습은 생경하면서도 풍운의 가슴을 미묘하게 건드렸다.

우물가 옆에 하나 켜진 화톳불 아래로 그녀의 얼굴이 또렷하게 보였다.

뺨을 횡으로 가로지르는 검흔.

풍운은 죄지은 것도 없는데 괜히 침을 꿀꺽 삼켰다.

그렇게 멍하니 그녀를 바라보았다.

황보연은 빨래를 마쳤는지 기지개를 켜며 일어났다. 그러더니 팔을 쭉 편 상태에서 허리를 좌우로 흔들었다.

풍운이 다시 침을 삼켰다.

그녀는 '다했다!' 라고 중얼거리며 기쁜 듯 미소 짓고는 화톳불 가로 이동해 손을 녹였다.

그녀는 손을 흔들어 물기를 털어내다가 어둠 속에서 자신을 바라보고 있는 풍운을 발견했다.

처음엔 풍운인지 몰랐다. 환자 중 누군가가 몸을 닦으러 나온 것이라고 생각했다. 그러나 금방 어둠에 익숙해진 그녀는 사내가 풍운임을 알고 급히 고개를 숙였다.

"아! 아, 안녕하세요?"

떨리는 목소리.

풍운은 그제야 자신이 멍하니 그녀를 보고 있었다는 것을 깨닫고는 헛기침을 하며 발을 내디뎠다.

"빨래를 하고 계셨네요?"

풍운은 말을 마치기 무섭게 자책했다. 정말 오랜만에 만나며 내뱉는 첫말이 고작 이거라니. 그동안 잘 지냈는지 안부를 물어야 했는데…… 동시에 자신이 '왜 이런 고민을 하고 있는 거지?' 라는 생각도 들었다.

황보연은 여전히 고개를 숙인 채 말했다.

"예. 제가 딱히 할 일도 없고 해서요."

"이 일을 하는 시녀가 있지 않나요?"

"사파와의 싸움 때문에 다친 사람이 많아서 제가 조금 도와주고 있어요. 일손이 부족해 보여서……."

"예……."

"그래도 지금은 많이 나아졌어요. 전투 직후엔 진짜 정신없었거든요."

풍운은 묵묵히 고개를 끄덕이다가 문득 생각났다는 듯이 물었다.

"참, 소저도 다쳤다고 들었는데."

"아, 아뇨. 운이 좋아서 얼굴에 약간 생채기가 났을 뿐이에요."

"그래요? 어디 봐요?"

황보연이 화들짝 놀라며 뒤로 몇 걸음 물러났다. 그러고는 고개를 더 깊이 숙였다.

"괜찮으니 신경 쓰지 마세요."

"제가 상처를 보는 게 부담스러워요, 아니면 저와 얼굴을 마주하는 게 싫은 건가요?"

황보연의 동그란 어깨가 잘게 떨렸다. 어색한 침묵이

잠시 감돌다가 황보연이 말했다.

"소협을 보는 게 싫은 건 아니에요. 세상의 어느 누가 풍운 소협을 싫어하겠어요? 적이라면 모를까."

"그럼 상처, 그게 뭐 대수라고요? 제가 구해줬을 때 소저의 얼굴이 얼마나 엉망이었는지 기억 안 나요? 얼굴 가득 멍이 들고 말라붙은 코피도 덕지덕지……. 그러고는 우울증에 걸려서는 멍하니 있다가 나만 보면 바보처럼 웃기만 했고. 하하하. 뭐, 그랬잖아요? 그런데 뭘 새삼스럽게."

풍운이 웃었다. 그러자 황보연이 입술을 꾹 깨물더니 처연하게 말했다.

"그러네요. 저는 소협에게 못난 모습을 참 많이 보였네요."

"아, 아니, 나는 그런 뜻이 아니라……."

"그리고 내일 아침에 먼 길 떠나는 분에게 얼굴을 숨긴 채 인사하는 것도 예의는 아니지요."

그녀가 심호흡을 하고는 천천히 고개를 들어 올렸다.

민낯의 그녀는 어색한 미소를 머금으며 풍운을 보았다. 수화라고 불릴 정도로 맑고 흰 피부가 달빛과 근처에서 타오르고 있는 화톳불 빛을 받아 불그스름했다.

그런 그녀의 이마와 뺨에서 땀방울이 쪼르륵 흘러내

렸다.

"아주 위험한 길이 될 거라고 들었는데, 부디 다치지 말고 몸 성히 다녀오세요."

"아……. 그, 그러죠."

"그리고…… 고맙습니다."

"뭐가?"

"저 같은 건 까맣게 잊은 줄 알았는데…… 이렇게 찾아와 주셔서요. 정말 고마워요."

"아니, 뭐, 이런 게 그렇게 감사를 받을 것까지는 아닌 것 같은데……."

"저를 부담스러워한다는 거 잘 알고 있어요. 하지만…… 그러지 않았으면 좋겠어요. 이렇게 가끔 혹은 우연히 얼굴 마주치면…… 웃으며 인사 나눴으면 좋겠어요. 그거 외에 바라는 거 없어요."

풍운은 머리를 긁적거리며 고개를 끄덕였다.

"뭐, 그 정도야."

그의 대꾸에 황보연이 환하게 소리 없이 웃었다.

"고마워요."

그녀는 다시 한 번 꾸벅 고개를 숙인 다음에 우물가로 가서 빨래한 옷가지들을 큰 대야에 담기 시작했다.

풍운은 그녀의 모습을 홀린 듯 보다가 물었다.

"도와줄까요?"

"예? 아뇨! 소협 같은 엄청난 분한테 이런 일을 시킬 수는 없죠. 어서 가세요. 찾는 분이 많을 텐데."

"아니, 딱히 날 찾는 사람은 없는데."

그의 대꾸에 황보연이 낮게 웃었다.

"무림서생께서도 그런다던데, 소협도 자신이 얼마나 대단한지 잘 모르시네요. 만약 소협께서 이곳에 있는 무림인들 중 아무나 점찍어서 밥이나 함께 먹자고 하면, 아마 그 사람은 흥분해서 좋아 죽을 거예요. 평생 잊지 못하고 영광이라 생각할 테고요. 풍운검, 풍운! 소협은 그런 분이에요. 많은 분들이 소협을 가리켜 정파의 천하제일인이라고 말할 정도라고요. 그리고 저도 그렇게 생각하고요."

말을 마친 그녀가 입을 가리고 잠깐 웃었다. 풍운은 그녀가 풍운검이라는 별호 때문에 웃는 것이라는 생각에 입술을 깨물었다.

별호 따위 한 번도 진지하게 생각해 본 적 없었는데, 괜히 아무렇게나 정했다는 생각이 들었다.

그녀는 빨래 더미가 수북하게 담긴 대야를 번쩍 들고는 풍운을 보며 고개를 갸웃거렸다. 왜 계속 거기 서있냐는 표정이었다. 그러다가 깜빡했다는 듯이 말했다.

"참! 조부님은 걱정하지 마세요. 소협이 안 계셔도 제가 곁에서 수발을 들며 챙길 테니까. 아! 전혀 부담 갖지 않으셔도 돼요. 저는 그냥…… 밥값 하는 거니까요."

그러더니 그녀가 풍운을 지나쳐 걸었다.

풍운은 그녀가 옆을 지나칠 때 자신의 심장이 덜컥 떨어지는 소리를 들었다. 그는 한차례 심호흡을 하고 그녀의 등을 향해 말했다.

"힘들지 않아요?"

황보연이 멈춰 고개를 돌려 반문했다.

"예?"

"아니, 이런 일 해본 적 없잖아요. 귀하게 자랐는데……."

황보연이 고소를 삼키고 풍운의 말을 끊었다.

"사문에서도 버림받았는데요, 뭘."

"설마 진짜 버렸겠어요? 전쟁이 끝나고 그렇게 시간이 흘러가면 다시 소저를 찾을 거예요."

황보연은 입술을 꾹 깨물고 잠시 침묵하다가 고개를 저었다.

"이젠 제가 싫어요."

"……."

"다시는 꼭두각시 인형처럼 살고 싶지 않아요. 몸이 고돼도 이곳에서는 마음이 편해요. 소협도 여기에 계시고…… 아니, 그러니까 이곳엔 좋은 사람들이 많아서 좋다는 말이에요."

잠깐의 침묵.

황보연이 다시 움직이려고 하자 풍운이 다시 질문을 던졌다.

"싸움은 왜 했어요? 무공 실력도 별로면서."

황보연이 멈칫하더니 입술을 다시 꾹 깨물었다. 그녀가 답하지 않자 풍운이 다시 말했다.

"조금이라도 돕고 싶어 했다는 얘기는 들었지만, 실력 없는 동료는 오히려 민폐예요."

황보연의 입술이 잘게 떨렸다. 그녀는 제대로 돌아서서 고개를 꾸벅 숙였다.

"죄송해요. 제가 생각이 짧았네요."

"아니, 나한테 사과할 필요는 없죠."

"……."

"미안해요. 괜한 소리를 했어요."

풍운은 이러는 자신이 이해가 되지 않았다. 그냥 보내면 되는데, 그게 싫어서 말을 걸고 트집을 잡고 있다. 이건 마치 어린애 같은 모습이 아닌가.

황보연은 깊은 한숨을 내뱉고 다시 돌아서 걸어갔다.

그렇게 그녀가 전각을 도는 순간, 풍운이 외쳤다.

"잠깐만요!"

황보연이 그를 보았다. 풍운은 고개를 들어 입 바람으로 이마의 머리카락을 훅, 불고 말했다.

"소저는 무림인이 맞죠?"

"그, 그렇죠. 실력이 형편없어서 그렇지."

"그럼 제가 같이 저녁 먹자고 하면 거절하지 않겠네요?"

황보연은 고개를 갸웃거렸다.

"왜 저하고 식사를 같이해요?"

"그게 그러니까…… 죽엽청 빚 있잖아요. 식사하면서 죽엽청도 마시고, 그렇게 빚을 청산하려는 거예요."

"아아!"

그녀는 납득했다는 얼굴로 미소 짓고 고개를 저었다.

"준비할 것도 많으실 텐데, 신경 쓰지 마세요."

그러고는 그녀가 발길을 재촉해 전각 뒤로 사라졌다. 그 순간, 풍운은 자신의 가슴이 휑해지는 느낌을 받았다. 마치 커다란 구멍이 뚫린 것 같은.

그가 발을 내디뎠다. 그러자 순식간에 그의 신형이 전각을 돌았다. 그녀의 등이 보이자 가슴에 들어찬 허전함이 사라졌다.

"왜 거짓말해요?"

"예?"

황보연은 깜짝 놀라 대야를 든 채 멈춰 돌았다.

"아까 내가 식사를 청하면 모두가 영광으로 생각하고 수락할 거라고 했잖아요."

그의 말에 황보연이 고개를 갸웃거렸다. 처음 보는 풍운의 모습에 적응이 되지 않았다.

"제가 뭘 잘못했나요?"

"그건 또 무슨……."

"그런 게 아니라면 계속 시비를 걸 리가 없잖아요."

풍운이 주먹을 쥐고 바르르 떨다가 말했다.

"소저가 잘못했네요."

"뭘?"

"왜 갑자기 예뻐 보이냐고요?"

황보연이 얼어붙었다. 그녀의 양손에서 대야가 떨어져 굴렀다. 힘들게 빤 옷가지들이 땅바닥에 흩어졌다.

그렇게 그녀는 멍하니 풍운을 보았다.

풍운이 재우쳐 말했다.

"그러니까 같이 밥 먹고 죽엽청도 마시자고요."

황보연은 손으로 입을 가리고 아무 말도 하지 못했다. 그녀의 큰 눈에 눈물이 그렁거렸다.

풍운은 황보연이 아무 말도 하지 않자 초조해져 외쳤
다.

"거절만 해봐."

"……."

"죽을 때까지 저주해 버릴 테니까."

황보연은 입을 가리고 있던 손을 들어 눈을 가렸다. 그
러고는 울먹이며 물었다.

"왜 갑자기 그러는 건데요?"

"출정전야잖아요."

"……."

"마음이 가장 솔직해지는 때라고요."

풍운은 그녀에게 다가가 쪼그려 앉고는 땅에 떨어진 빨
래를 대야에 담으며 말을 이었다.

"이거…… 밥 함께 먹어주면 제가 다 빨아줄게요."

"푸흡."

황보연이 눈물을 흘리며 웃음을 터트렸다. 그러나 곧
화들짝 놀라며 주저앉아 대야를 뺏으려 했다.

"제, 제가 할게요."

풍운은 황보연을 뚫어지게 보며 말했다.

"전쟁이 끝나면 함께 황보세가에 가요."

"……!"

"어느 누구도 다시는 소저를 막 대하지 못하게 해줄게요."

황보연의 눈에서 멈췄던 눈물이 다시 흘렀다.

"진짜 갑자기 왜 그러시는 거예요? 저 너무 좋아서 무서워지려고 그래요."

풍운은 손을 들어 그녀의 눈가에 묻은 눈물을 닦으며 말했다.

"나 돌아올 때까지 할아버지 잘 부탁해요."

황보연이 고개를 끄덕이다가 입술을 깨물었다.

뭔가 하고 싶은 말이 있는데 참는 표정. 그러나 결국 그녀는 그 말을 했다.

"부담 갖지 않아도 돼요."

때가 출정전야였다.

한창 혈기 방장한 풍운이 한순간의 감정으로 이 말을 내뱉었을 수 있다. 그래서 바로 내일 후회한다면, 그러지 않아도 된다는 뜻이었다.

그녀가 말을 이었다.

"저한테 이렇게 따뜻한 말을 해준 적이 있다는 것만으로도 저는 충분히 행복해요."

풍운은 그녀의 눈을 따뜻하게 보며 어색하게 미소 지었다.

"솔직히…… 이런 감정이 처음이라 나도 잘 모르겠네요. 변할지도 모르죠."

"……"

"그러니까 천천히, 하나씩 해보죠. 그렇게 가까워지면서 서로를 알아가면 되겠죠."

황보연은 가슴이 뭉클하면서도 수줍어 고개를 숙였다.

"예."

"그러니까 우선 밥부터 먹죠. 그런데 아직까지 내 제안 수락 안 한 거 알고 있어요?"

순간, 황보연의 배에서 꼬르륵 소리가 났다. 대번에 그녀의 얼굴이 붉어졌고, 풍운이 웃으며 일어났다. 그러고는 손을 내밀며 말했다.

"밥 먹으러 가죠."

황보연은 눈앞에 다가온 그의 손을 보다가 목이 잠긴 목소리로 말했다.

"죽엽청도요."

"물론이죠."

그녀가 그의 손을 잡았다.

*   *   *

이튿날.

아직 어둠이 가시지 않은 이른 아침.

오백여 명과 화선부 열 명이 무림맹 절강 분타의 정문을 나섰다.

그들은 사백오십 필의 말과 이십여 대의 사두마차에 올라서 선두의 흑마에 타고 있는 천류영을 보았다.

그들을 배웅하기 위해 나온 분타의 모든 사람들도 천류영에게 집중했다.

천류영은 자신을 보는 사람들을 천천히 훑고는 말 머리를 돌려 앞을 보았다.

그가 손에 쥔, 예전 독고설에게 선물받은 황금빛 군선을 들며 외쳤다.

"출발한다!"

*　　　　*　　　　*

무림맹 사천 분타에서 백여 명이 길을 나섰다.

선두에서 방갓을 쓰고 있는 중년인이 어느새 멀어진 사천 분타를 흘낏 뒤돌아보았다. 그러자 옆에서 걷던 곤륜의 태청당주 석현자가 입을 열었다.

"그동안 연습을 꽤 해두었으니 걱정하지 않으셔도 될

겁니다."

무적검 한추광이 고개를 끄덕였다.

석현자 당주의 말은 한추광의 역할을 맡은 사내를 일컫는 것이었다.

한추광이 자리를 비운 사실이 외부에 새어 나가지 않도록 연극을 해야 할 자.

한추광은 고개를 들어 앞의 동녘 하늘을 보았다.

일출이 시작되고 있었다.

그는 붉은 태양을 보며 씩 웃었다.

"서두릅시다. 당문 사람들은 분명 미리 움직였을 터이니."

"예, 그럴 겁니다. 어서 합류해야지요."

그들의 걸음이 빨라졌다.

비슷한 시각, 독고세가에서도 가주인 독고무영과 최정예 백여 명이 한중을 비밀리에 떠나고 있었다. 독고무영 역시 한추광과 마찬가지로 자신의 대역을 할 사람을 준비해 놓았다.

독고무영은 자신의 곁에 착 달라붙어 있는 딸을 보며 물었다.

"죽을지도 모르는데, 겁나지 않는 게냐?"

끝까지 함께 가겠다고 고집을 부린 독고은이 주먹을 불끈 쥐며 대꾸했다.

"형부가 사령관이잖아요. 승리를 부르는 불패의 군신!"

"허허허."

독고무영과 함께 걷는 사람들도 미소를 머금었다.

그들도 일출을 바라보며 부지런히 움직였다.

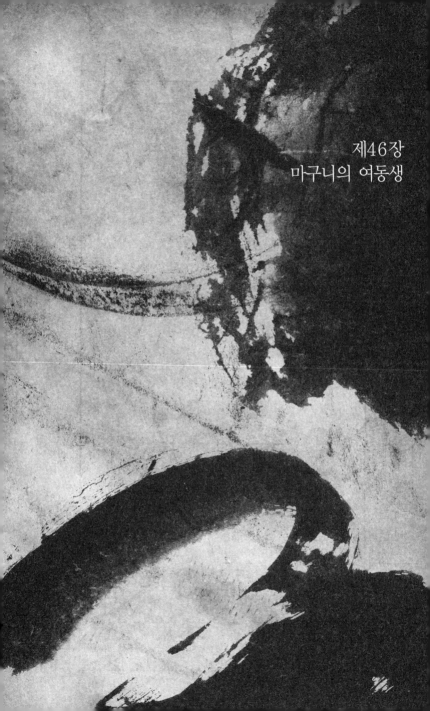

제46장
마구니의 여동생

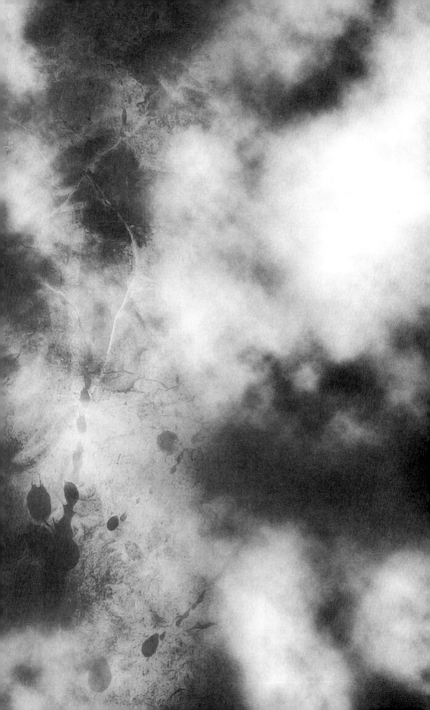

1

마교의 군영은 축제 분위기에 휩싸였다.

뇌황이 칠 주야(七晝夜)에 걸쳐 연회를 연다고 선언한 것이다.

사실 전쟁이 완전히 끝나지 않았음에도 불구하고 칠 주야나 잔치를 여는 것은 지나친 부분이 있었다.

하지만 그럴 수밖에 없는 이유가 있었다.

교주가 정파, 사파, 마교…… 그렇게 전(全) 무림의 공동의 적이라 할 수 있는 배교와 진짜로 밀약을 맺은 것을 교도들이 확인했기 때문이다.

그러니 교주가 전쟁에서 승리한다고 해도 과연 세상으

로부터 패왕의 별로 인정받을 수 있을까, 하는 우려가 생긴 것이다.

그나마 다행인 것은 무당산 인근의 마을에 철강시를 투입하고, 그 철강시를 자신들이 때려잡는 모습을 보여주었기에 소문은 정반대로 났다는 것이다.

하지만 진실을 아는 마교도들은 불편한 감정을 가질 수밖에 없었다.

그런 심리를 아는 마갈은 장장 칠 주야의 연회를 천하상회와의 상의 끝에 미리 준비해 두었던 것이다.

정파를 사실상 무너뜨리는 대승 뒤에 이어지는 대규모 축제.

끊임없이 제공되어지는 술과 산해진미에, 나흘째부터는 근방 수백 리 안에 있는 거의 모든 기녀가 동원됐다.

오랜 야전 생활에 지친 사내들은 술과 여인에 취해 근심을 잊고 정염을 불태웠다.

축제가 지속되면서 마교도들은 가슴속에 맺힌 꺼림칙함을 잊었다. 여기에 정파를 쓸어버린 다음의 상대가 바로 배교라는 점을 뇌황이 천명하면서 모두가 환호했다.

그들은 마을을 유린한 철강시와 싸울 때 보여준 백성들의 열렬한 환호를 똑똑하게 기억하고 있었다.

그렇기에 뇌황 교주는 패왕의 별이 될 것이고, 자신들

은 그 전설을 만드는 데 일조한 전사로 기억될 것이라 믿었다.

축제 엿새째.

뇌황은 자신의 막사에서 장로들과 술을 마시다가 마갈이 보이지 않는다는 것을 알았다.

"수석 군사는 어디 갔지?"

호랑이도 제 말 하면 온다더니, 마갈이 막사 안으로 들어왔다.

뇌황은 한 손을 번쩍 들며 그를 부르려다가 미간을 좁혔다.

마갈의 표정은 누가 보아도 딱딱하게 굳어 있었다. 그는 곧장 뇌황 옆으로 와서 앉으며 말했다.

"이상한 일이 발생했습니다."

"응? 그게 무슨 말인가?"

"무림서생이 움직였습니다."

무림서생이란 말이 나오자마자 막사 안을 떠돌던 목소리들이 일시에 멈췄다.

자신들이 다음에 제거해야 할 인물.

천마검을 물 먹였으며, 천마신교의 부교주까지 죽인 놈.

비록 그의 세력이 자신들에 비해 보잘것없다고는 하지

만, 결코 방심할 수 있는 상대가 아니었다.

물론 놈에게 패한다는 생각은 손톱만큼도 한 적이 없었다. 당연히 승리를 거머쥐겠지만, 놈을 얕봤다가 적지 않은 피해를 입을 수도 있다는 얄팍한 염려, 딱 그 정도였다.

뇌황과 장로들의 눈이 마갈의 입으로 쏠렸다. 뇌황은 내공을 이용해 취기를 몰아내며 물었다.

"그게 무슨 뜻이지?"

마갈은 턱을 문지르며 곤혹스러운 표정을 지었다.

"한중에 있는 그자의 모친이 위독해서 오백의 호위대를 데리고 절강 분타를 떠났다고 합니다."

뇌황과 장로들의 얼굴에 황당한 기색이 어렸다. 너무 어처구니가 없어서 뭐라 말을 해야 할지조차 모를 정도였다.

뇌황이 물었다.

"자네가 보낸 자객들이 무림서생의 모친에게 손을 쓴 것인가?"

마갈은 상에 놓인 술병을 들어 잔에 술을 부으며 대답했다.

"그런 보고는 없었습니다."

"……?"

"사실 이 보고는 사흘 전에 들어왔습니다. 그래서 알아보니, 여진족이 보낸 암살자의 독침에 당한 것이라는 소문이 있었습니다."

"여진족? 아! 그놈이 북방에서 여진족을 소탕했었지?"

"예. 그런데…… 여진족의 본거지까지 찾아가 진위를 확인할 수도 없는 노릇이고."

그러려면 족히 몇 달은 걸릴 것이다.

마갈은 술을 단숨에 비우며 말을 이었다.

"무림서생, 그리고 그와 관련된 인물과 세력들의 움직임으로 정황을 판단해야 하는데……."

"그런데?"

"한중, 사천, 항주에 있는 세작들에게서 상달된 보고를 종합해 보면…… 무림서생이 위독한 모친의 임종을 지키려 움직이는 것이 맞는 것 같습니다."

"허!"

뇌황은 탄성인지 탄식인지 모를 소리를 내며 혀를 내둘렀다. 장로 중 한 명이 기가 찬 낯빛으로 조소했다.

"무림에 들어온 지 얼마 되지 않는 놈인지라 자신이 어떤 위치에 있는지조차 모르는군요. 아니면 정파에 희망이 없다는 것을 알고 내빼는 것일지도 모르고."

많은 이들이 고개를 끄덕이며 동의를 표했다. 그러나

마갈은 고개를 저었다.

"도망가려는 건 아닙니다. 일단 한중으로 가서 모친을 보고, 그다음에 그곳과 사천의 세력을 규합하려는 의도라 파악됩니다. 그런 보고도 있었고요."

뇌황이 팔짱을 끼며 동조했다.

"내 생각도 그래. 만약 무림에서 도망치려는 것이라면 주변 정파인들이 그걸 가만히 두겠나? 힘을 써서라도 잡아 앉히고…… 어?"

말을 하던 뇌황이 고개를 갸웃거리며 눈을 껌뻑거렸다. 그러더니 옆에 앉은 마갈을 보며 물었다.

"항주에서 한중으로 간다고? 오백의 호위대와 함께?"

뇌황의 질문에 장로들의 얼굴이 일그러졌다. 그들이 생각하는 것을 뇌황이 말했다.

"그 말은 우리를 피해 미꾸라지처럼 빠져나가겠다는 뜻이 아닌가?"

마갈은 술을 한 잔 더 마시며 답했다.

"그렇게 되는 셈이지요."

뇌황의 얼굴이 붉으락푸르락해졌다.

"그놈이 감히 우리를 허수아비로 보는 건가?"

"대륙은 넓습니다. 그가 중원을 관통해 한중으로 향한다 하더라도 그 경로는 적지 않게 있습니다."

"아무리 그래도 모친이 위독하다는데, 지나치게 우회하는 길을 택하지는 않을 것 아닌가? 그러면 우리가 몇 개의 길목만 차단하면 놈이 걸려들 수밖에 없을 텐데…….
그리고 그 길목을 제외한 샛길이나 산은 일천 정도의 병력을 차출해서 세작처럼 활용하면 될 것이고."

"지도를 보며 구상을 해봤는데, 오백 명 정도면 충분합니다."

마갈의 대꾸에 뇌황과 장로들이 감탄 어린 기색을 얼굴에 드러냈다.

"크하하하, 과연 수석 군사로구만. 벌써 거기까지 생각했다면 부대와 세작들의 위치까지 결정을 끝냈다는 말이잖나?"

마갈은 묘한 한숨을 뱉으며 고개를 끄덕였다.

"예, 일단은 그렇습니다."

"하하하, 역시!"

엄지를 추켜올리며 흡족한 미소를 짓던 뇌황이 입맛을 다셨다.

"상황이 아주 요상하긴 한데, 왠지 맥이 풀리는 기분이군. 너무 싱거운 싸움이 되지 않겠나?"

마갈은 다시 턱을 쓰다듬으며 미간을 접었다.

"그럴 것 같습니다. 만약 무당산 전투에서 본 교의 피해가 절반에 가까웠다면…… 아주 골치 아픈 추격전이 될 수도 있었겠지만 말입니다."

오천 정도가 남았다면 부대를 쪼개는 것도 쉽지 않게 된다. 인원을 적게 나누면 각개격파당할 위험이 크고, 그렇다고 한 부대에 인원을 많이 넣으면 포위를 뚫고 빠져나갈 수도 있기 때문이다.

마갈의 생각을 읽은 교주가 씩 웃고는 핵심 사안을 콕 짚었다.

"무림서생이 오백의 호위대를 이끌고 분타를 떠났을 때는, 본 교가 얼마나 큰 승리를 거둘지 모를 때였겠지?"

"그렇습니다."

"놈은 우리가 이렇게 큰 승리를 거둘 거라고는 짐작도 하지 못했기에 그런 결정을 내린 것이겠군. 하긴 세상의 어느 누가 이런 대승을 예측할 수 있었겠는가. 하하하하!"

마갈은 다시 한숨을 쉬고 동의했다.

"그렇게 보입니다."

"하하하, 역시 천운이 나에게 있다는 얘기군. 무림서생을 이리 쉽게 잡을 수 있을 거라고는 생각하지 못했는데."

마갈은 고개를 끄덕이면서 술잔에 술을 따르고 또 단숨에 비웠다.

혈누제 태상 장로가 그런 마갈을 유심히 보다가 질문을

던졌다.

"우리 수석 군사가 무슨 근심이라도 있는 건가? 모든 것이 순조로운데 표정이 영 아니군."

뇌황이 맞장구쳤다.

"내 생각도 그런데. 뭐가 문제인 건가?"

마갈은 입술을 꽉 깨물었다.

쨍!

그가 손에 쥐고 있던 사기 술잔이 깨졌다. 그에 장로들이 눈살을 찌푸리며 마갈을 이상하게 보았다.

마갈은 상 위에 무슨 철천지원수라도 있는 것처럼 노려보며 말했다.

"이런 상황은…… 제가 그놈을 상대로 밤마다 생각했던 무수한 상황 중 어떤 것에도 속하지 않기 때문입니다. 이렇게 맥 빠지는 포위와 추격전은 생각조차 해본 적이 없습니다."

뇌황이 피식 웃었다.

"크크, 단단히 벼르고 있었는데, 김이 빠졌겠군."

장로들도 픽픽 웃음을 터트렸다. 그러나 마갈은 여전히 상 위를 쏘아보고 이를 갈며 말했다.

"놈을 그냥 죽이지 않을 겁니다. 아주 참담하게! 절망적인 상황으로 몰고 가 죽여 버릴 겁니다."

뇌황이 눈살을 찌푸렸다.

"굳이 그럴 필요가 있나? 쉽게 끝내는 게 나아. 본 교는 사파와 배교도 상대해야 해. 흠, 사파는 무상이 없으니 큰 걱정을 하지 않아도 되겠지만, 배교는 아니잖아? 그놈들이 가지고 있는 특강시는 확실히 무시할 수 없으니까."

"배교의 특강시는 아수라대라멸진(阿修羅大羅滅陣)으로 제거하면 됩니다."

마교 장로 일백 명이 동원되는 천마신교 최강의 공격진이었다.

정파의 총군사 제갈천은 그 진이 갖는 어마어마한 파괴력을 전장에서 목도한 적이 있었다. 그렇기에 무당산에서도 그 진의 위험성을 언급하며 공격에 나서자는 정파인들을 만류했다.

마갈의 말에 뇌황이 나른한 표정을 지었다.

"하긴 그렇지. 알고는 있었지만, 이렇게 자네의 입으로 다시 확인하니 정말 우리를 막을 세력은 어디에도 없군. 승승장구하는 우리 앞에 천마검과 그 떨거지들은 기회 한 번 갖지 못하고 제풀에 쓰러질 테고. 하하하! 앞길이 탄탄대로구만, 탄탄대로야."

눈치 빠른 장로 한 명이 술잔을 들며 외쳤다.

"기왕 말이 나온 김에 교주님께서 패왕의 별에 오르시

게 될 것을 미리 축하드리는 것이 어떻습니까?"

모두가 웃으며 잔을 들어 올렸다. 오로지 마갈 만이 여전히 딱딱한 표정이었다.

'상황이 너무 술술 풀리고 있다. 패왕의 별로 가는 길이 이렇게 쉽게 열린다는 것이 어째 마음에 들지 않아. 분명 뭔가가 있을 것도 같은데.'

마갈은 술잔을 조금 들어 호응을 하고는 잔을 비웠다.

분명 자신이 놓치고 있거나, 생각지도 못한 뭔가가 있을 것도 같은데, 그것을 알 수 없으니 가슴이 답답했다. 무엇보다 상상도 못한 무림서생의 돌출 행동이 지독하게 짜증스러웠다.

당최 자신은 왜 그딴 놈을 상대로 가상전을 펼치며, 무수한 밤을 불면으로 지새웠단 말인가. 그 시간과 수고가 아까워 분노까지 치밀었다.

*   *   *

비슷한 시각에 술자리가 벌어지고 있는 곳이 있었다.

흑천련 진영에 자리한 대막사.

거대한 원탁에는 흑천련의 수장들과 백운회와 관태랑, 그리고 폭혈도가 앉아 있었다.

"하하하, 천마검은 예전보다 술이 많이 는 것 같군."

사자탑주의 말에 쾌활림주가 깔깔 웃고는 대꾸했다.

"술만 늘었겠어요? 전설의 마신지경을 성취한 최초의 인물이 됐잖아요."

사자탑주가 고개를 끄덕이며 천마검을 보았다.

"무상과의 일전은 정말 노부가 본 최고의 싸움이었네. 아직도 가끔 그때의 대결을 꿈으로 꿀 정도로."

백운회는 황주로 목을 축이고는 담담하게 말했다.

"무상은 내가 본 상대 중 가장 강했던 사내. 운이 좋았소."

쾌활림주가 '에이!' 라는 말을 내뱉고는 고개를 저었다.

"운이 없었어도 이겼을 거라는 데 내 전 재산을 걸 수 있어요. 천마검이 무공 실력으로 누군가에게 지는 모습은 상상조차 되지 않으니까."

백운회가 피식 웃고 대꾸했다.

"나에 대해 잘 모르는군."

쾌활림주가 곧바로 반박했다.

"흑천련 수장들 중 나보다 당신을 더 많이 아는 사람은 없을 거라고 장담해요."

그 모습을 보며 관태랑이 웃음을 꾹 참았다. 예전에도 그랬지만, 쾌활림주는 천마검을 대할 때 마치 어린 소녀가 동경하는 영웅을 보는 것 같은 모습이었다.

그렇게 연회의 분위기는 화기애애했지만 폭혈도는 슬슬 졸음이 와서 자리를 뜨고 싶은 심정이었다.

백운회가 그녀의 말을 받았다.

"나를 이길 수 있는 사람을 당장이라도 몇 명 꼽을 수 있지."

그의 폭탄 발언에 막사 안이 조용해졌다. 백운회의 맞은편에 앉아 있던, 중년의 야수궁(野獸宮) 궁주가 긴장한 얼굴로 조심스럽게 물었다.

"그 사람들이 누구요?"

백운회가 바로 답했다.

"당장 내 좌우에 앉아 있는 섬마검과 폭혈도가 그렇지."

지목을 당한 두 사내가 화들짝 놀랐다. 특히 폭혈도는 잠이 깬다는 얼굴로 물었다.

"내가 대종사를 이겨요? 어떻게?"

"너와 싸움이 붙으면 내가 널 죽일 수 있겠냐? 그러니 못 이기는 거지."

그 말에 모두의 긴장이 바로 풀렸다. 쾌활림주는 다시 깔깔 웃어 댔고, 다른 흑천련의 수장들도 쓴웃음을 지었다.

폭혈도는 어처구니없다는 눈빛으로 백운회를 보다가 고개를 저었다.

"마신지경이 되면 세 치 혀를 단련하는 능력도 생깁니까? 어째 말만 번지르르해지는 거 같아."

따악.

백운회가 폭혈도의 뒤통수를 가볍게 때리고 말했다.

"농이 아니라 진심이다. 그러니까 나 배신하지 마라. 네가 죽자고 달려들면 나는 평생 도망 다녀야 하니까."

폭혈도가 뒤통수를 손바닥으로 문지르며 짜증을 냈다.

"걱정도 팔자네요. 내가 그랬다가는 바로 조기 앉아계신 천랑대주께서 날 두들겨 팰 텐데."

관태랑이 억울하다는 표정을 지었다.

"대종사께서도 도망치겠다고 말하는 자네를 내가 무슨 수로 두들겨 팬단 말인가. 자네가 싸우자고 들면 나도 대종사 따라 함께 도망 다녀야 될 텐데."

그의 말에 폭소가 터졌다.

폭혈도는 백운회와 관태랑을 어이없다는 듯이 번갈아 보다가 체념했다.

다시 소소한 대화가 오가는데, 막사 밖에서 인기척이 났다.

막사 안으로 들어오려는데 그래도 되는지 망설이는 듯

한 발소리에 사자탑주가 천마검에게 양해를 구했다.

"뭔가 보고할 건이 있나 보네."

백운회는 상관없다는 듯이 고개를 끄덕였다.

사자탑주가 밖에 있는 사람을 들어오라 불렀고, 장년 사내가 눈치를 살피며 들어와 허리를 숙였다.

"사육주의 동향에 대해 보고를 드릴 것이 있는데……."

사람들이 많은데 말해도 되는지 판단이 서지 않는 표정 이었다. 사자탑주가 상관없다고 말하자 장년인이 보고를 시작했다.

"사육주의 여섯 세력이 둘씩 짝을 지어 빈집털이에 나 섰습니다. 그러니까……."

쾌활림주가 주책맞게 끼어들었다.

"빈집털이?"

그때, 백운회의 눈에 기광이 일렁이며 이맛살이 가득 찌푸려졌다.

2

좌중이 분노한 듯한 백운회의 표정을 주시하자, 그는 이내 씁쓸한 표정으로 차갑게 말을 뱉었다.

"사육주, 같잖은 짓까지 벌이는군."

장년인은 그런 백운회를 멍하니 보다가 사자탑주의 시선을 느끼고 급히 보고를 이어갔다.

사육주가 두 세력씩 뭉쳐 전쟁으로 인해 정예가 빠져나간 유명 정파의 근거지를 노린다는 얘기였다.

쾌활림주가 눈살을 찌푸렸다.

"왜 그런 치졸한 짓을 벌이는 거지?"

갑자기 질문을 받은 장년인이 당황하다가 답했다.

"본 탑의 책사가 그 부분에 대해 분석하고 내일 아침에 보고할 예정이라고 했습니다."

사자탑주는 고개를 끄덕이며 장년인을 물리고 천마검과 섬마검의 눈빛을 보았다. 그런 후에 폭혈도에게 시선을 돌렸지만, 그는 연신 하품을 하고 있었다. 눈이 반쯤은 감긴 상태로.

"천마검과 천랑대주는 그 까닭을 이미 짐작한 것 같군."

관태랑이 백운회를 흘낏 보았다가 자신이 답했다.

"현(現) 사육주는 절강성 전투에서 사실상 패배했습니다. 거기에 무상까지 잃어 사기가 곤두박질친 상태지요. 또한 녹림이 가장 유리해 보이지만, 차기 권력을 두고 분열 조짐마저 보이고 있는 상황입니다."

"그렇지."

"사파는 사기를 진작하기 위해서 작은 승리라도 절실한 상황. 하지만 권력 다툼이 정리되지 않은 상황에서 큰 전투를 펼칠 수는 없는 노릇이지요. 그러니 딱히 실속은 없지만 유명 정파를 골라 그곳을 무너뜨리는 겁니다. 뭐, 군부에서 몽고나 여진족을 상대할 때 흔히 쓰던 수법이지요. 전사들이 빠진 마을을 불태우고 여인들을 욕보이는."

쾌활림주가 아미를 찌푸리며 욕했다.

"지랄 같은 짓이네. 그런 놈들이 무슨 패왕의 별을 꿈꾼다고."

관태랑은 미소로 그녀의 말에 동의하고는 계속 말했다.

"더러운 전술이긴 하지만, 자신들이 여전히 건재하고 두려운 존재라는 것을 세상에 각인시키는 데에는 제법 효과가 큰 편입니다. 또한 수하들의 사기도 오를뿐더러 함께 약탈을 저지르면서 유대감도 끈끈하게 만들 수 있지요. 수뇌부부터 말단 수하들까지 분열된 사육주에겐 더없이 매력적인 방법입니다."

쾌활림주는 몸서리까지 쳤다.

"아무리 그래도 그건 용서받지 못할 짓이야."

"동의합니다만, 이건 전쟁입니다. 속히 분란을 봉합하고 조직을 단단하게 만들지 못하면 당장 그들이 죽게 될 운명이죠. 그러니 어떻게든 서둘러 조직을 추슬러야 하는 사육주 수뇌부가 극약 처방을 선택한 것 같습니다."

"문상, 그 계집은 그런 짓을 하고도 남을 만큼 독한 년이지."

관태랑이 쓴웃음을 깨물었다.

"글쎄요. 제 개인적인 판단으로는 문상보다는 사육주 수장들의 선택이 아닐까 합니다."

쾌활림주가 고개를 갸웃거렸다.

"왜 그렇게 생각하죠?"

"항주에서 본 그들은 이미 굶주린 짐승과 같았으니까요. 무상에 의해 본성을 꾹꾹 눌러왔지만, 그것이 결국 폭발하던 시기였습니다. 한 번 분출된 짐승의 본성은 여간해서는 억누르기 힘듭니다. 무상이 있다면 모르겠지만, 지금 누가 그들을 만류할 수 있을까요? 실권을 잃은 문상은 이런 문제에 거의 개입을 하지 못할 겁니다."

사자탑주가 손뼉을 치고는 감탄한 어조로 말했다.

"역시 섬마검이군. 마음 같아서는 그대를 본 탑의 책사로 초빙하고 싶네그려."

그는 분위기를 환기시켰다.

"어차피 우리와 사파의 관계는 이제 끊어졌소. 상관할 바 아니니 술이나 마십시다."

그 말을 들으며 관태랑은 속으로 쓰게 웃었다.

북해빙궁과 달리 이 수장들은 신뢰가 가지 않았다.

가슴속에 늘 저울을 두고 사는 사람들.

그래서 무상의 무위를 보고는 선택을 최대한 보류한 것이다.

물론 쾌활림주는 예외였다.

하지만 이 여인 역시 애매했다. 북해빙궁처럼 어떤 가치나 신조를 가지고 있는 것이 아니었다. 그저 천마검이란 사내를 좋아하는 것일 뿐.

배신할 가능성이 가장 없다고 할 수 있지만, 함께 천하를 경영하기엔 여러모로 아쉬운 점이 있었다.

그때, 막사를 두드리는 빗소리가 났다. 쾌활림주는 막사 천장을 보며 말했다.

"운치 있게 비도 내리네요. 천마검과의 재회를 하늘도 축하해서 이런 음악을 선물하나 봐요."

천마검을 향한 그녀의 계속되는 아부에 사람들이 낮게 웃었다. 그때, 하품을 하던 폭혈도가 이맛살을 찌푸리다가 벌떡 일어났다.

"맞아, 비!"

좌중이 의아한 모습으로 폭혈도를 보는데, 그는 개의치 않고 민머리를 쓱쓱 문지르며 중얼거렸다.

"얘기를 들으면서 뭔가 께름칙하다고 여겼는데…… 비

였어, 비."

관태랑이 눈살을 찌푸리며 묵직하게 말했다.

"폭혈도! 흑천련의 수장들이 계신 자리다."

그러나 폭혈도는 사람들을 훑으며 외쳤다.

"아까, 아까 그 보고에 어디하고 어디가……."

"……?"

"남궁세가로 간다고 하지 않았습니까?"

쾌활림주가 답을 주었다.

"흑살궁과 고음교. 사이가 가장 안 좋은 두 세력을 붙여서……."

폭혈도가 그녀의 뒷말을 듣지 않고 백운회를 향해 고개를 돌렸다.

"대종사."

백운회는 폭혈도가 무슨 말을 하려는지 간파하고는 고개를 저었다.

"우리와는 상관없는 일이야."

"백화 남궁소소가 그곳에 있지 않습니까?"

뜬금없이 튀어나온 무림오화 중 백화. 사자탑주가 황당한 표정으로 물었다.

"설마 천랑대 일조장이 그녀와 친분이 있습니까?"

말도 안 되는 일이었다. 정파인들은 마교도라면 마구니

라고 비하하며 끔찍하게 싫어했다. 그리고 여인은 그런 경향이 더욱 심했다.

또한 폭혈도가 그녀를 만난 적도 없을 테고.

백운회는 한숨을 삼키고 안타까운 낯빛으로 말했다.

"현재 사육주의 위치와 이곳. 이 두 곳에서 남궁세가까지의 거리는 비슷하다. 그 말이 뜻하는 것이 뭔지 모르나? 방금 들은 정보는 이미 진행되고 있는 일. 즉, 그들은 반나절이나 하루 전에 이미 출발했다는 뜻이야."

"아……."

"가봐야 늦었다."

"하지만……."

"늦기도 했지만, 도와줄 명분이 없어. 불가능한 얘기겠지만, 그들이 악착같이 버텨서 살아 있다고 해도…… 우리들은 그 정파인들에게 침략자야. 사파처럼."

관태랑은 폭혈도가 왜 남궁소소를 언급하는지 알 수 없었다. 그러나 그가 말하는 의도는 충분히 간파할 수 있었다.

"일조장, 우리가 지금 사파와 싸우면 교주에게 시빗거리를 제공하게 된다. 교주가 괜한 트집을 잡아 자신들이 구상하고 있는 그림을 망쳤다고 비방할 수도 있어. 작은 일일지 모르나, 대종사에겐 치명적인 악재가 될 수도 있다는 뜻이야."

폭혈도는 입술을 잘근잘근 깨물었다. 그러더니 작은 눈에서 굵은 눈물을 뚝뚝 떨어트렸다. 그 모습에 모두 대경해하는데, 폭혈도가 입을 열었다.

"젠장, 제가…… 그 왈가닥하고…… 의남매를 맺었단 말입니다."

"……!"

"못 들었다면 모르겠지만, 듣고도 모른 척하는 건……."

폭혈도가 말을 끝맺지 못하고 죄 없는 입술을 계속 깨물었다.

폭혈도의 성정을 누구보다 잘 아는 백운회가 다시 한숨을 쉬고 말했다.

"늦었다."

"……."

"네가 약속을 목숨처럼 여기는 것은 잘 알지만, 그 아이는 이미 너를 까맣게 잊었을 거다."

흑천련 수장들은 흥미로운 기색으로 이 대화를 지켜보았다.

폭혈도는 여전히 백운회 앞에서 아무 말도 안 하고 입술만 깨물었다. 사금파리같이 쭉 찢어진 작은 눈에서는 계속 눈물이 떨어졌다.

쾌활림주가 고개를 절레절레 저으며 혼잣말했다.

"세상에! 천하의 폭혈도 조장이 저런 순정남이었다니. 이걸 어느 누가 믿겠어?"

폭혈도가 고개를 들고 백운회를 직시했다.

"그럼 명령을 내려주십시오."

"……?"

"의매를 버리라고."

"후우우, 왜 그녀에게 그렇게 집착하지? 그날, 그녀와 무슨 일이라도 있었나?"

"그 녀석도…… 엄마 없이 컸더라고요."

"……."

"명을 내려주십시오. 여동생을 버리라고. 대종사의 명령이라면 따르겠습니다."

백운회는 손을 들어 이마를 짚었다.

"그렇게 하면 내가 죽을 때까지 따라다니며 쫑알거리겠지. 여동생도 버리라는 상관이라고."

폭혈도가 언제 울었냐는 듯 씩 웃었다.

백운회는 쓴웃음을 깨물고 고개를 절레절레 저었다.

"늦지 않았길 바라마."

"고맙습니다!"

"살아 있다면, 꼭 구출해라."

"존명!"

그가 꾸벅 허리를 숙였다가 펴고는 곧바로 뛰었다. 그가 막사 밖으로 나가는 것을 보며 관태랑이 굳은 얼굴로 외쳤다.

"대종사, 대체 지금 어떤 결정을 하신 건지 아십니까? 뇌황이 가만히 있겠습니까?"

백운회가 관태랑을 보며 어깨를 으쓱거렸다.

"자네가 나한테 말했잖아."

"예?"

"나는 마음 가는 대로 하라고."

"……."

"뒷일은 알아서 처리해 주겠다고도 했지, 아마?"

관태랑은 뒷목을 잡으며 능글맞아 보이는 백운회를 쏘아보았다.

"이미 늦어서 허탕 치고 돌아올 게 뻔합니다."

"무사안일주의."

"예?"

"아니, 네가 일을 대충하겠다면 뭐, 그런 거겠지. 아무리 섬마검이라도 완벽할 수는 없는 노릇이니까."

"……."

관태랑이 뒷목을 계속 주물렀다.

백운회도 조금 미안한 생각이 들어서일까, 조언을 건넸다.

"이걸 빌미로 폭혈도의 군기를 단단히 잡으라고. 자네가 직속상관이잖아."

천랑대에서 유일한 사고뭉치이자 독불장군이 폭혈도다. 백운회가 대주일 때도 작전에 나가면 조원들을 팽개치고 혼자 흥분해 폭주하는 경우가 다반사였다.

하지만 관태랑은 시큰둥했다.

"애초에 그럴 생각이었습니다. 그래서 부담을 가지라고 뇌황 교주까지 언급했던 겁니다."

백운회가 기가 막힌 얼굴로 관태랑을 보았다. 관태랑이 어깨를 으쓱거렸다.

"대종사 성정에 허락할 것이 뻔한데, 저라도 뭔가 챙겨야 하지 않겠습니까?"

백운회가 기분 좋게 웃었다.

"하하하, 역시 관태랑이야."

그러나 흑천련 수장들은 웃지 못했다.

폭혈도의 이번 선택으로 정말 뇌황 교주가 천마검에게 트집을 잡을 수도 있다는 생각 때문이었다.

야수궁주가 굳은 얼굴로 물었다.

"정말 교주가 이번 일을 문제 삼으면 어떻게 대처할

거요?"

쾌활림주가 걱정 말라며 손사래 쳤다.

"폭혈도 조장이 남궁세가에 당도했을 때는 모든 일이 끝나 있을 거예요. 그러니 과한 염려는 하지 않아도 돼요. 천마검이 어련히 알아서 결정했겠어요?"

야수궁주가 반박했다.

"그들이 싸우고 있을 때 도착해 정파를 돕는 것도 문제이지만, 싸움이 끝나고 약탈이 진행 중일 때 당도해도 큰일이오. 폭혈도 조장 성격에 그 모습을 보면 가만히 있겠소?"

"이미 사파인들이 약탈마저 끝내고 회군했을 거라고 생각해요."

"그래도 문제요. 폭혈도 조장은 충분히 뒤쫓고도 남을 사람이오."

"과하네요. 폭혈도 조장은 한 명이에요. 흑살궁과 고음교의 전력이 이천이 훌쩍 넘어요. 그 많은 병력을 홀로 뒤쫓는다고요? 그가 미치지 않고서야 그런 짓을 저지르겠어요?"

야수궁주가 잠시 뜸을 들이다가 무겁게 말했다.

"솔직히 내가 폭혈도를 전장에서 처음 봤을 때, 미친놈인 줄 알았소."

쾌활림주가 입술을 여짓거리다가 결국 대꾸하지 못했다. 야수궁주의 이번 주장은 반박할 수가 없었기에. 야수궁주가 자신의 말에 못을 박았다.

"그는 상황의 유불리를 따지는 사람이 아니오."

사자탑주가 논쟁으로 뜨거워진 분위기를 중재하고 나섰다.

"자자, 그만들 하시오. 쾌활림주의 말마따나 천마검과 섬마검이 설마 아무 생각도 없이 수하를 사지로 보냈겠소? 아마도 내 생각에는……."

그는 백운회를 직시하며 말을 이었다.

"뒤따라가서 폭혈도를 진정시키고 데려올 것 같은데. 안 그렇소?"

백운회가 고개를 끄덕여 동의했다.

그때, 아까 보고를 올린 장년인이 인기척을 내고 다시 막사 안으로 들어왔다. 그런 후, 그가 하는 말에 좌중이 충격과 침묵에 휩싸였다.

모두들 뇌황의 승리는 어느 정도 예상하던 바였다.

그러나 그 승리의 규모가 상상을 훌쩍 뛰어넘었다.

관태랑이 침묵을 깨고 이를 갈았다.

"교주, 그 인간이 정말 배교를 끌어들인 것이 분명합니다. 그렇지 않고서야 이런 승리는 불가능합니다."

백운회는 묵묵히 고개를 끄덕였다.

흑천련 수장들 얼굴에 고민의 기색이 역력하게 드러났다. 천마검에 줄을 섰다가 같이 몰락할지도 모른다는 위기감이 목까지 차올랐다.

백운회가 피식 웃고 그들을 향해 말했다.

"교주에게 갈 사람은 가도 상관 안 해."

쾌활림주가 냉큼 말을 받았다.

"안 가요."

그러나 다른 수장들은 서로의 얼굴을 보며 여전히 입술을 꾹 깨물고 있었다.

쾌활림주는 그들이 서로 전음을 나누고 있다는 것을 눈치챘다. 그녀가 성난 어조로 외쳤다.

"지금 어떤 꿍꿍이를 작당하고 있는 거죠?"

사자탑주가 억지로 웃으며 대꾸했다.

"허허허, 꿍꿍이라니. 무슨 그런 말을 하는 거요?"

"전음을 교환하고 있다는 걸 모를 줄 알아요?"

화기애애하던 분위기가 깨지는 건 순식간이었다. 사자탑주가 손을 내저었다.

"오해요, 오해."

"오해는 무슨. 설마 천마검과 섬마검, 두 사람뿐이니 여기에서 어떻게 해코지할 생각일랑은 꿈에도 꾸지 마요.

본 림(本林)은 천마검 쪽이니까!"

천마검과 섬마검은 강하다.

그걸 여기에 있는 사람들은 그 누구보다 잘 알고 있었다. 특히 천마검이 무상을 꺾을 때 보여준 신위는 평생 지워지지 않을 충격으로 머릿속에 각인돼 있었다.

만약 저 둘을 잡으려 한다면 이곳에 있는 수천이 모두 달려든다고 해도 피해가 상당할 것이 자명했다.

여기에 쾌활림이 가세하면 정말 양패구상까지 몰릴 수 있다는 데 생각이 미쳤다.

야수궁주가 불편한 기색으로 말했다.

"쾌활림주, 오해요."

그때, 천마검이 입을 열었다.

"이해한다."

"······."

"순간의 선택이 당신들의 목숨뿐만 아니라 사문의 흥망성쇠까지 결정하니까."

쾌활림주가 입을 열려는 것을 백운회가 손을 들어 제지하고 계속 말했다.

"방금 말했지만, 교주에게 붙고 싶은 사람은 붙어라. 개의치 않아."

야수궁주가 눈을 빛내며 물었다.

"그 자신감은 뭐요? 뇌황 교주가 결국 몰락할 것이란 뜻이오?"

"맞다."

"뇌황 교주는 완전히 승세를 탔소. 그런 그를 누가 저지할 수 있겠소?"

백운회의 입가에 흐릿한 미소가 스쳤다.

"뭐, 쉽진 않겠지만…… 정파가 복수하지 않겠나?"

"정파는 사실상 끝장났소."

"아직 무림서생이 남아 있지."

"그가 대단한 건 인정하지만, 역부족이란 것을 모르시오?"

"확실히 그렇긴 해. 교주가 그렇게 크게 승리할 줄은 나도 예상하지 못했으니까."

"……."

"만약 무림서생도 실패한다면……."

백운회는 말꼬리를 흐리고 자신의 잔에 황주를 따랐다. 그러고는 술잔을 들어 천천히 술을 넘겼다.

탁.

술잔을 내려놓은 백운회가 담담하게 말했다.

"내가 나서야지."

쾌활림주가 눈을 치켜뜨고 입을 열었다.

"명분이…… 없잖아요. 그럼 배신자로 찍혀 패왕의 별은 물 건너간다구요."

"그까짓 거 안 하면 되지."

"……!"

좌중은 크게 놀랐다.

그들이 알고 있는 천마검은 패왕의 별이 자신의 것이라고 노래를 부르던 인물이었기에. 오로지 그런 얘기를 이미 들은 관태랑만 담담했다.

"패왕의 별이 되지 못하더라도, 악당이 그 자리에 오르지 못하게 하는 것도 충분한 의미가 있는 일이니까."

흑천련 수장들의 머릿속이 핑핑 돌아갔다.

천마검이 배신자라는 오명을 뒤집어쓰면서까지 뇌황과 싸운다?

천마검과 뇌황?

백운회의 돌발 선언에 흑천련 수장들은 문제가 아주 단순해지는 것을 느꼈다.

그들의 머릿속에 번개가 잇달아 쳤다.

천마검이란 압도적인 사내를 보면서 그들 모두 패왕의 별이 되겠다는 꿈을 접었다. 대신, 이 사람을 돕는 것이 사문에 가장 이익이 될 거라는 계산을 했다.

그런데 상황이 변한다면?

생각에 생각이 계속 꼬리를 물었다. 그 종착지는 백운회와 관태랑이 의도한 곳까지 다다랐다.

천마검과 뇌황, 모두 패왕의 별이 될 수 없다면, 승자를 지원한 세력 중 하나가 부상할 수 있지 않을까?

흑천련 수장들은 무림서생이 뇌황을 상대로 승리를 거둘 거라고는 상상조차 할 수 없었기에, 결국 천마검과 뇌황의 대결이 판세를 가를 것이라고 확신했다.

무겁게 가라앉은 분위기가 다시 화기애애하게 변했다. 아니, 화기애애하다 못해 뜨거울 지경이었다.

술자리가 밤새 이어졌다.

그리고 다음 날 아침, 백운회와 관태랑이 길을 나섰다.

제47장
폭혈도, 그리고 남궁소소

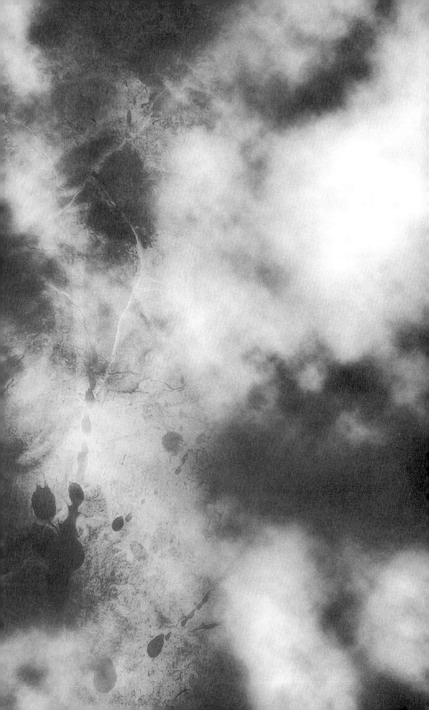

1

화르르르.

천하제일검가의 명성을 누리던 남궁세가의 많은 전각들
이 불타오르고 있었다.

"으아아악!"

사방에서 들려오는 비명 소리.

내실 안에서 검을 쥐고 있는 백화 남궁소소는 어금니를
꽉 깨물고 떨지 않으려 했다. 그러나 그녀의 작은 손과 다
리는 경련을 일으키고 있었다.

정예들이 빠져나간 이곳에서 가장 큰 어른이자 최고수
인 남궁유성이 남궁소소를 보며 말했다.

그는 사파인들이 세가를 포위해 공격해 오자 선두에서 싸웠다. 그러나 고음교주와 흑살궁주의 합격에 오른팔에 큰 부상을 입고 결국 뒤로 물러설 수밖에 없었다.

전투력을 상실한 그는 사제에게 지휘를 맡기고 남궁소소의 거처로 한달음에 달려온 것이다.

"소소야, 내 말 잘 들어야 한다."

"예, 숙부님."

남궁소소는 피투성이인 숙부를 보며 고개를 끄덕였다.

"중과부적이라, 아무래도 어렵겠구나."

남궁소소는 이미 예감한 듯이 입술만 꾹꾹 깨물었다. 그러나 그녀 옆에 있는 어린 시녀는 눈물을 펑펑 흘리며 와들와들 떨었다.

남궁유성은 양손으로 소소의 뺨을 쓰다듬었다. 그러자 그의 손에 홍건하던 피가 소소의 아름다운 얼굴을 가려주었다.

"홍천문 쪽이 그나마 상황이 제일 낫다. 숙부가 호위들과 함께 목숨을 걸고 어떻게든 포위망을 뚫을 것이야. 그럼 너는 뒤돌아보지 말고 달려야 한다. 알겠느냐?"

홍천문이라면 뒷문이다. 그 얘기는 전황이 완연하게 기울었다는 뜻이었다.

"저도, 저도 싸우겠어요."

그녀의 떨리지만 다부진 말에 남궁유성이 슬픈 미소를 보였다.

"너는 남궁세가의 영애이며, 정파의 무림오화 중 하나인 백화다. 그런 네가 치욕을 당하면…… 그건 본 가뿐만 아니라 정파의 굴욕이기도 한 것이다."

"숙부님, 저도 싸울 수 있어요."

"안다, 네 나름대로 열심히 수련했다는 것을. 하지만 저 악마들 중엔 제법 강한 놈들이 적지 않다."

"……."

"시간이 없다. 준비됐느냐?"

남궁소소는 싸우겠다고 억지를 부릴 상황이 아님을 깨달았다. 그녀가 고개를 끄덕이자 남궁유성이 짙은 미소를 머금었다.

"살아라. 반드시 살아서 창천룡 소가주께 가야 한다."

"예."

문에서 대기하고 있던 세 명의 호위 중 한 명이 다급하게 외쳤다.

"장로님! 시간이 없습니다."

"그래, 가자."

남궁유성과 호위들이 앞장서서 달렸고, 남궁소소와 시녀가 뒤따랐다.

그렇게 후원의 전각을 나온 소소는 자신도 모르게 '아아!' 하는 탄식을 뱉었다.

많은 전각들이 불길에 휩싸여 있었다. 저 건물 하나하나에 많은 추억이 깃들어 있는데…….

검들이 부딪치는 소리가 고함과 비명을 타고 귀로 파고들었다.

콰아아앙!

후원으로 들어오던 문이 박살나며 몇 명의 사파인들이 등장했다.

그곳으로 뛰던 남궁유성이 신음처럼 중얼거렸다.

"벌써 여기까지."

선두의 호위 두 명이 앞으로 뛰어나갔다.

"피하십시오!"

달리던 방향이 바뀌었다.

남궁유성과 남은 호위 한 명이 남쪽으로 방향을 틀어 달리다가 담벼락을 뛰어올랐다. 남궁소소도 도약하려다가 멈칫하고 고개를 돌렸다.

자신의 시녀인 미유의 얼굴이 파랗게 질려 있었다.

미유의 나이 이제 겨우 열세 살.

소소가 벽 아래에서 무릎을 꿇고 손깍지를 꼈다.

"내 손을 밟고 올라가. 어서!"

남궁유성과 호위가 놀라 외쳤다.

"뭐 하는 게냐?"

"그 아이는 놔두십시오!"

그들의 서슬 퍼런 일갈에 미유가 어쩔 줄 몰라 떨었다. 소소가 남궁유성을 보며 고개를 저었다.

"미유를 두고 저 혼자 갈 수는 없어요."

"바보 같은!"

남궁유성은 시녀를 진작 떼어내지 못한 것을 자책하며 단호하게 말했다.

"어차피 저 아이의 체력으로 우리를 따라오는 건 불가능하다."

사파인들이 후원 안으로 계속 쏟아져 들어오며 두 명의 호위 옆을 돌아 달려왔다. 결국 보다 못한 호위가 다시 밑으로 내려와 소소의 허리를 팔로 둘렀다.

"죄송합니다, 아가씨."

"아! 안 돼요, 안 돼!"

호위가 땅을 박차고 다시 담벼락으로 도약했다. 그렇게 몇 개의 담을 연이어 뛰어넘은 후 남궁유성과 함께 골목을 질주했다.

남궁소소는 멍한 표정이 되었다. 아까 미유가 내지르는 목소리가 귓가에서 맴돌았다.

"아가씨이이이, 아아악!"

마지막 외침은 비명이었다.

남공소소는 울음이 터져 나올 것 같아 입술을 꽉 깨물었다.

남궁유성이 달리며 말했다.

"어쩔 수 없는 일이다."

"……."

"우리도 살기 어려…… 컥!"

남궁유성이 갑자기 쇄도한 몇 개의 비수 중 하나를 목에 맞고는 단말마와 함께 고꾸라졌다.

남궁소소는 자신의 몸이 빙글 도는 것을 느꼈다. 그렇게 정신없이 땅을 굴렀다.

"크하하하!"

소름 끼치는 웃음소리들이 주변에서 들렸다. 남궁소소는 고개를 들었고, 방금 전까지 자신을 안고 뛰던 호위와 눈이 마주쳤다.

일체의 흔들림조차 없는 눈.

그리고 그의 이마에 비수가 박혀 핏물이 흘러나오고 있었다.

남궁소소는 다시 입술을 깨물었다. 너무 꽉 깨물어 핏물이 흐르는 게 느껴졌다. 쥐고 있던 검은 언제 사라졌는지 빈주먹만 떨고 있었다.

다가오는 웃음소리와 발소리.

"오, 이 계집은 괜찮아 보이는데? 너무 어리거나 늙은 것들만 있는 줄 알았는데."

그녀는 심호흡을 하고 허리를 꼿꼿이 세웠다.

십여 명의 사내들이 흥소를 흘리며 서 있었다. 그들 중 한 명이 고개를 갸웃거리다가 말했다.

"어? 설마 저거, 백화 아냐?"

피로 얼굴을 가렸어도 그녀의 미모는 완전히 감춰지지 않았다.

사파인들이 웅성거리며 뭐라고 떠들어 댔다.

그러나 그녀는 그들이 주고받는 대화를 하나도 알아들을 수가 없었다. 그저 귀에 이는 이명이 너무 커 어지러울 뿐이었다.

고개를 돌렸다.

여기저기 널브러진 시신들이 보였다.

하나같이 안면이 있는 사람들이었다.

저들 중에는 무사도 있지만, 아까 비명을 지르며 죽어 갔을, 미유 같은 사람들도 있었다.

몸은 어디 있는지 얼굴만 뎅그러니 남아 있는 할아버지는 세가의 목수였다. 자신의 화장대와 의자도 저 할아버지가 만들어주었는데.

그녀는 일어서려다가 오만상을 쓰며 주저앉았다.

넘어지면서 발목이 접질렸기 때문이다.

그러나 그녀는 다시 일어났다.

그러고는 지척에서 자신을 뱀의 눈으로 샅샅이 훑어 대는 사내들에게 말했다.

"나, 나는 대(大)남궁세가의 남궁소소다. 보, 본 가의 후환이 두렵지도 않으냐?"

비록 떨리는 음성이지만, 큰 목소리로 일갈했다. 그러나 사내들의 반응은 폭소였다.

"크하하, 진짜 백화였어!"

"대박이다. 으하하하!"

"야, 이거 우리가 건들면 높은 분들이 가만있을까?"

"마음껏 하라고 하셨잖아."

"그래도 백화인데."

그들의 눈과 표정은 이미 욕정으로 번들거렸다. 그러면서도 윗사람들의 질책이 두려워 고민하는 표정이었다.

그때, 차가운 검 하나가 튀어나와 그녀의 턱에 닿았다.

남궁소소는 그 느낌이 너무 끔찍해 호흡을 멈췄다.

그 검의 주인을 본 사내들이 입맛을 다시면서도 급히 허리를 숙이며 뒤로 몇 걸음 물러났다.

검이 그녀의 턱을 들어 올렸다. 검의 주인은 남궁소소의 얼굴을 정면으로 보고는 씩 웃었다.

"정말 백화겠군. 뭐, 아니더라도 이렇게 예쁜 얼굴을 가졌다면 상관없을 테고."

"⋯⋯."

"후환이라고 했나?"

남궁소소는 주먹을 불끈 쥐고 말했다.

"그렇다. 본 가는 남궁세가다."

"알아, 설마 그것도 모르고 쳐들어왔을까?"

"⋯⋯."

"아직 모르고 있군, 정파는 이미 끝장났다는 것을."

"⋯⋯!"

사내는 무당산의 정파가 붕괴된 것을 말했지만, 남궁소소는 다르게 받아들였다.

절강성에 가 있는 남궁세가가 끝났다고.

그녀의 눈에 눈물이 핑 돌더니 뺨을 타고 흘러내렸다. 작은 단전이지만 내공을 끌어 올리던 것이 바로 풀어져 버렸다.

마치 세상이 무너지는 듯한 기분이었다.

사내가 스산한 표정으로 웃었다.

"미녀의 눈물이라⋯⋯. 죽이는군."

"죽여라!"

"미리 말해두지."

"……?"

"일이 각이면 싸움은 끝날 것이다."

"무슨 말을 하려는 거냐?"

"훗, 당돌하군. 좋아, 그런 게 더 재미있으니까. 어쨌든 이것 하나만큼은 기억해라. 만약 네가 자진한다면, 이곳에 있는 모두를 죽이겠다."

"……!"

"분명 여기저기 숨어서 벌벌 떨고 있는 놈들이 꽤 많을 거야. 또한 포로도 꽤 나올 테고."

그는 검을 천천히 내렸다. 그 검은 그녀의 목을 지나 천천히 상의를 갈랐다.

잘 벼린 검에 닿은 천이 스르륵 베어졌다.

"비열한 새끼!"

남궁소소가 욕설을 뱉자, 사내가 히죽 웃었다. 그러더니 그의 발이 앞으로 뻗어 나왔다.

퍼억!

남궁소소가 배를 얻어맞고 나동그라졌다. 그러나 비명을 지르지는 않았다. 이유를 알 수는 없지만, 저런 놈에게 비명을 들려주고 싶지 않았다.

사내가 쓰러져 숨을 컥컥거리는 남궁소소에게 다가와 말했다.

"자진하고 싶으면 언제든지 말해. 하지만 잊지 말라고. 네 이기적인 선택이, 네가 알고 있는 수십 명의 목숨까지 결정한다는 것을."

부우우욱!

사내가 남궁소소의 상의를 거칠게 찢었다. 남궁소소는 치를 떨면서 물었다.

"네 이름은 뭐냐?"

"호오? 흑살궁의 소궁주, 흑우."

"언젠가 널 내 손으로 죽이겠다."

"일주일 안에 해야 할 거야."

"……."

"난 아무리 미녀라도 일주일이면 질리거든. 망가트리는 것을 좋아하는데, 일주일이면 더 망가트릴 곳이 없어서 말이지."

"개자식!"

콰직!

다시 그녀의 배에 흑우의 발이 꽂혔다. 남궁소소는 창자가 끊어지는 듯한 고통에 배를 움켜쥐고 데굴데굴 굴렀다.

너무 고통스러워 숨조차 쉴 수가 없었다.

그런 남궁소소의 머리카락을 흑우가 움켜쥐었다.

"내가 좀 거칠거든. 그러니 미리 양해를 구하지."

남궁소소는 눈물을 흘리지 않으려고 애를 썼다. 이놈에게 결코 자신의 약한 모습을 보여주지 않겠다고 다짐했다.

＊　　　　＊　　　　＊

쏴아아아!

폭혈도는 쑥대밭이 된 남궁세가를 보며 걷다가 고개를 들어 하늘을 보았다.

"비가 나만 쫓아다니나?"

이곳으로 오는 내내 비를 맞은 것이다.

거의 모든 전각이 파괴되었고, 시신들이 즐비했다.

이 와중에도 근처에 있는 거지들이 몰려와 무너진 전각을 뒤지고 있었다.

폭혈도는 사방을 둘러보며 고개를 저었다.

천하제일검가란 명성을 누리던 남궁세가가 이런 수모를 당하다니.

"알아서 잘 도망갔겠지?"

폐허가 된 남궁세가의 전각들을 세 번이나 꼼꼼히 돌았

다. 그러나 그 많은 시신들 중 백화는 없었다.

그는 양손으로 비에 젖은 얼굴을 훔치고는 돌아섰다.

이젠 귀환할 때였다.

그러나 그는 발을 내딛지 못했다.

혹시 그녀가 인질이 된 건 아닐까, 라는 생각 때문이었다.

"인질로 끌려가고 있다면……."

폭혈도는 걱정스러운 표정으로 고민하다가 결론을 내렸다.

"괜찮겠지."

아무리 미친놈들이라고 해도 설마 남궁세가의 영애를 겁탈하지는 않았을 것이라 여겼다.

그가 무겁게 발걸음을 옮겼다.

걷는 속도가 빨라졌다. 그 속도만큼 머릿속에서 일어나는 생각도 빠르게 회전했다.

설마 정파가 몰락했다고 천하제일검가의 영애를 건드리진 않았겠지?

그녀라면 인질의 가치가 충분하니까 괜찮을 것이다.

그녀를 건드리면 인질의 가치가 떨어질 테니, 건드리지 않았을 것이다.

아니, 인질이 아닐 확률도 높을 것이다.

분명 도망쳐서 항주로 가고 있을 공산이 높았다.

그때, 뒤에서 함성 소리가 들렸다.

"우와아아아아!"

거지들이 뭔가를 발견했는지 떼로 감탄을 하고 있었다.

폭혈도는 형체를 알아보기 어렵게 무너진, 남궁세가의 정문 앞에서 망설였다.

뭘 보았기에 거지들이 저렇게 놀란 걸까?

결국 궁금증을 이기지 못한 폭혈도가 몸을 돌렸다.

그렇게 이동한 폭혈도도 혀를 내둘렀다.

"와아아아……."

한 청년이 뒷간에 숨어 있다가 나왔는지 쏟아지는 빗물에 몸을 닦고 있었다.

그의 주변으로 누런 똥물이 흐르는 것을 보며 더럽다기보다는 감탄이 일었다.

똥독이 올라 죽을지도 모르겠지만, 어떻게든 악착같이 살아남겠다는 그 생존력이 진심으로 존경스러웠다.

자신 같았으면 죽으면 죽었지 절대로 저런 짓을 하지 못할 터였다.

열심히 빗물에 몸을 닦던 청년이 갑자기 울음을 터트렸다.

"으허어어어엉!"

잔뜩 몰려 있던 거지들이 흥미를 잃고 하나둘 떠나갔다. 그러자 자연스럽게 무리 뒤에서 구경하던 폭혈도가 청년의 눈에 들어왔다.

"허어억!"

눈물범벅인 그가 소스라치게 놀라며 자빠졌다. 그러더니 근처에 있는 돌멩이를 쥐고 일어나며 외쳤다.

"역시 이럴 줄 알았어."

"……?"

"지독한 놈들, 아직까지도 숨어 있었구나. 정말 지독하구나!"

폭혈도는 이 청년이 자신을 사파인으로 생각한다는 것을 깨달았다.

"나는……."

돌멩이가 잇달아 날아왔다. 폭혈도는 말을 끊고 손을 가볍게 휘둘렀다.

텅, 텅.

보이지 않는 투명한 막에 튕겨 나가는 것처럼 돌멩이가 비껴 나갔다.

"헉! 고수! 젠장! 젠장! 고수가 이런 뒤치다꺼리까지 한단 말인가? 진실을 알리기 위해 똥간에서 내가 몇 시진을 버텼는데."

청년은 절망스런 표정으로 절규했다. 폭혈도의 작은 눈이 더 작아졌다.

"진실? 무슨 진실?"

"응?"

"무슨 말을 하는 건지 모르겠소."

청년의 흔들리던 눈동자가 점차 자리를 찾아갔다. 그는 침을 삼키며 조심스럽게 물었다.

"사파인이 아닙니까?"

"아니오."

"그럼…….."

"마…… 그러니까 나는 지나가는 낭인이오. 천하의 남궁세가가 불탔다는 소문에 설마하고 왔다가 둘러보고 있는 중이었소."

"아, 그렇습니까? 반갑습니다. 저는 남궁세가에서 정원을 관리하는…….."

"소개는 됐소, 내가 시간이 별로 많지 않아서. 그냥 당신이 말하고 싶은 진실이란 거나 들려주시오."

청년은 잠깐 고민하다가 선선히 입을 열었다.

지난밤 벌어진 사실에 대해 알고 있는 무림인이 한 명이라도 더 많은 것이 좋겠다고 판단한 것이다.

그는 얘기를 하기 시작했다.

사파인들이 얼마나 잔인했는지를 설명하는 것이 대부분이었다.

폭혈도의 첫 반응은 심드렁했다. 원래 전쟁이 그런 것이라고 얘기하려고까지 했다. 그러나 점점 그도 열이 뻗치기 시작했다.

너무 잔혹했기 때문이다.

"잠깐, 나도 궁금한 것이 있소."

계속 듣다가는 끝이 없을 것 같기에 폭혈도가 청년의 말을 끊었다.

"예? 예."

"놈들이 인질도 끌고 갔소?"

"예. 젊은 여자들을 끌고 갔습니다."

폭혈도의 미간이 찌푸려졌다.

"혹시…… 그 유명한 백화도……."

그가 말을 끝내기 무섭게 청년이 갑자기 다시 눈물을 쏟아냈다.

"우리 아가씨가 얼마나 선한 분인데. 흑흑, 얼마나 아랫사람들한테 잘해주신 분인데……."

"……."

"사람들이 다 보는 땅바닥에 눕혀놓고 욕을 보이는데……."

"잠깐."

폭혈도는 자신도 모르게 신형에서 마기가 폭사할 것 같아서 청년의 말을 제지시켰다.

흥분한 초절정고수의 마기를 무공도 모르는 청년이 맞으면 적지 않은 충격을 받을 테니까.

그가 심호흡하는 사이, 청년은 꺼이꺼이 울었다.

"흑흑, 소소 아가씨가 우리 어머니 아플 때 약도 지어주고 그랬는데, 그렇게 착하고 예쁜 아가씨를…… 물론 좀 장난을 좋아하고 그러긴 했지만…….."

"그녀도…… 인질로 끌려갔소?"

"예. 거의 발가벗겨서요. 막 두들겨 맞고 그 예쁘고 풍성한 머리카락도 다 잘리고…….."

청년은 말을 잇지 못하고 눈을 껌벅였다. 갑자기 바람이 부는 것 같더니, 자신 앞에 있던 대머리사내가 사라져 버린 것이다.

하루 후.

작은 개울이 흐르는 평지에서 한 대머리사내가 이천여 사파인 행렬 앞에 섰다.

쏴아아아!

비는 여전히 폭혈도를 따라다녔다.

폭혈도는 빗물을 받아먹으며 중얼거렸다.

"대종사, 미안합니다. 오늘 귀혼창 보러 갈랍니다."

스르르릉.

붉은 환도를 빼 어깨에 걸쳤다.

그러고는 비로 진탕이 된 땅을 철퍽철퍽 밟으며 사파의 행렬 선두를 향해 걸었다.

2

사파인들의 행렬이 내려다보이는 야산.

이백여 명의 무사들이 쏟아지는 비를 맞으며 매복하고 있었다. 그들은 남궁세가 방계 문파 중 가장 큰 세를 형성하고 있는, 남궁보의 무사들이었다.

남궁보의 보주인 남궁휘명은 남궁세가의 비극을 개방도로부터 연통 받고는 제자들과 수하 무사들까지 모조리 끌고 나온 참이었다.

남궁휘명을 비롯해 모두가 분기충천했다. 비록 방계 문파이나 직계 본가의 원수를 갚자며 다짐했다.

그러나…… 사파의 행렬이 나타나자 기가 질려 버렸다. 소식을 전해준 개방도는 사파의 전력에 대해서는 알려주지 않았던 것이다.

남궁휘명의 아들인 소보주는 침을 꿀꺽 삼키며 입을 열었다.

"정보를 준 그 개방 거지 놈이 우리에게 억하심정이 있지 않고서야……. 아버지, 이건 중과부적입니다."

그의 말에 근처에 있는 수하들이 일제히 고개를 끄덕였다. 사파의 병력을 보니 싸울 엄두가 나지 않았던 것이다. 하지만 단 한 명, 남궁보의 총관만이 다른 의견을 개진했다.

"개방도가 사파의 전력을 알려주지 않은 건, 아마 고의가 아닐 겁니다. 개방은 배교의 흔적을 찾는 일과 전쟁에 많은 인원을 동원하고 있습니다. 지역별 분타의 고참들이 대거 빠진 상황이지요. 그런데 요 며칠 사이에 또 적지 않은 인원들이 차출된 것으로 알고 있습니다."

그는 비로 젖은 수염을 쓰다듬으며 말을 이었다.

"간부와 고참들이 빠진 상황에서 경황이 없어 실수를 했을 공산이 큽니다. 예상치 못한 상황에 놀란 개방의 신참들이 남궁세가에 들러 제대로 확인해 보지 않고 우리에게 연통을 보냈을 겁니다."

소보주는 일리가 있다는 표정으로 고개를 끄덕이고는 남궁휘명을 향해 말했다.

"아버지, 어쨌든 우리 힘만으로 감당하기엔 터무니없는

일입니다. 복수는…… 나중에 창천룡 소가주가 돌아오면 그때 하는 것이 나을 것 같습니다."

남궁휘명은 고민스러운 기색으로 입을 열었다.

"상황이 이러니 내가 복수를 고집할 수는 없겠지. 그러나 인질이 문제야. 혹시…… 소소가 인질로 끌려갔다는 것도 잘못된 정보일까?"

총관은 입맛을 다시며 고개를 저었다.

"그건…… 저도 잘 모르겠습니다. 만약 소소 아가씨가 탈출에 성공했다면 다행이겠으나, 실패했다면 인질이 됐을 가능성이 높다고 생각됩니다. 남궁세가의 영애이며, 무림오화 중 일인인 백화를 그냥 죽이지는 않았을 테니까요."

소보주가 바람을 담아 말을 받았다.

"탈출했겠지요."

남궁휘명이 근심스러운 기색으로 말했다.

"인질이 됐다면……."

소보주가 답답하다는 표정을 짓고 주먹으로 가슴을 치며 부친의 말을 끊었다.

"설사 소소가 인질이 됐다고 한들, 우리가 뭘 할 수 있겠습니까? 아버지, 저 병력을 좀 보세요. 아무리 봐도 이천이 훌쩍 넘습니다. 우리가 덤벼봐야 개죽음만 당할 거라고요."

총관이 소보주의 의견에 동조했다.

"제 생각도 소보주와 같습니다."

남궁휘명은 입술을 꾹 깨문 채 대꾸하지 않았다. 그의 시선은 사파의 행렬 중간에 있는 달구지에 닿아 있었다.

소가 끄는 십여 대의 달구지에는 여인들이 포박되어 있었는데, 십중팔구 남궁세가의 사람들일 것이다.

안타깝게도 비가 오는데다가 거리까지 멀어 남궁소소가 그 안에 있는지는 파악할 수가 없었다.

아버지의 시선을 따라가던 소보주가 얼굴을 구기며 말했다.

"아버지, 소소가 있더라도 물러나야 한다니까요."

"어떻게 그런단 말이냐. 저대로 끌려가면 어떤 고초를 당할지 빤한데. 되든 안 되는 구출하려는 시도는 해보아야⋯⋯."

"답답하십니다. 그러다가 우리까지 다 죽는다니까요."

"그래도⋯⋯."

남궁휘명은 한숨만 푹푹 쉬어 댔다.

아들의 말이 옳다는 것은 알고 있다. 그러나 방계 문파인 자신들까지 잘 챙겨주었던 전대 가주님의 은혜가 떠올라 냉정하게 돌아서는 것이 심정적으로 어려웠던 것이다.

그런 남궁휘명의 모습을 보며 소보주가 다시 닦달을 하려고 하는데, 총관이 넌지시 팔을 잡으며 고개를 젓고 전음을 보냈다.

[너무 몰아붙이지 않는 것이 좋겠습니다. 보주님께서도 사파의 병력을 보고 중과부적임을 알고 계시니까요. 이미 물러설 수밖에 없다고 결정을 내리셨지만, 자신이 너무 빠르게 매정한 결정을 내리는 건 아닐까, 그게 괴로운 겁니다. 보는 수하들의 눈도 많고요.]

소보주는 총관의 말이 일리 있다 여기고 입을 다물었다. 대신 사파의 행렬을 보며 이를 갈았다.

"네놈들, 언젠가는 피눈물을 흘리게 될 것이다. 반드시 복수를…… 어?"

소보주가 말을 하다 말고 눈을 휘둥그레 떴다.

사파의 행렬이 향하는 길 위에 한 대머리사내가 칼을 어깨에 걸치고 서 있었다.

사파인들에게 집중하느라 저 사내가 언제 등장했는지조차 알지 못했다.

남궁휘명을 비롯해 남궁보의 사람들도 대머리사내를 보고는 고개를 갸웃거렸다.

저건 마치…… 길을 막고 시비를 거는 모습 같지 않은가.

하지만 미친놈이 아니고서야 홀로 그럴 리는 만무.

총관이 눈가의 빗물을 손등으로 훔치고 중얼거렸다.

"저 사내는 누굴까요? 그리고 뭘 하려는 걸까요?"

그의 질문이 끝나기 무섭게 대머리사내가 앞으로 걷기 시작했다. 그러고는 칼을 번쩍 들더니 뛰었다.

"헉!"

남궁휘명이 놀라 기겁성을 터트렸다.

그리고 그만 놀란 것이 아니었다.

이천삼백여 사파인들도 놀랐다.

그들 역시 폭혈도를 발견하고는 고개를 갸웃거렸다.

어느 누구도 그가 자신들을 향해 달려들 거라고는 상상조차 하지 못했다. 그런데 그가 칼을 들고 짓쳐 들었다.

폭혈도가 빽! 소리 질렀다.

"대(大)천마신교, 천랑대 일조장! 폭혈도가 나다!"

"······!"

사파인들은 폭혈도의 외침을 듣고 황당했다.

남궁세가나 정파인도 아니고······ 마교?

여기에서 뜬금없이 웬 마교가 등장한단 말인가.

그것도 천랑대의 일조장이 왜?

머릿속이 뒤엉켰다.

하지만 딱히 떠오르는 해답이 없었다.

특히 사파의 선두는 그런 것을 고민할 겨를도 없었다. 천랑대 일조장 폭혈도라고 자신을 밝힌 대머리가 뛰기 시작하자, 순식간에 거리가 좁혀진 것이다.

"헉! 마, 막아!"

"이런 미친놈이 있나?"

미친놈이란 말 외에 대머리를 표현할 수 있는 말이 없었다.

폭혈도의 환도에서 수십여 개의 붉은 도기(刀氣)가 앞으로 폭사했다. 그걸 보는 사파 선두의 표정이 아연해졌다.

절정 혹은 초절정고수.

눈치 빠른 이들은 길옆으로 몸을 내던졌다. 하지만 둔한 녀석들은 그대로 맞섰다.

퍼퍼퍼퍼퍼어어엉!

"으아아아악!"

"크아아악!"

몇 명이 비명을 지르며 나자빠졌다. 일부는 도기를 막았고, 일부는 피했다.

폭혈도는 도기를 막은 자들을 향해 환도를 휘둘렀다.

슈으으으윗!

"끄아아악!"

파아아앗, 푹!

"커흑."

환도가 지나간 자리에 사파인들의 목이나 팔다리가 베어져 날아갔다.

부아아아앙!

그의 왼손에서 뿜어진 장력이 옆에서 파고들려던 사파인들을 덮쳤다.

퍼퍼퍼어엉!

"으아아아악!"

서너 명이 동시에 비명을 지르며 고꾸라졌다.

선두 행렬을 책임지고 있던, 고음교의 음사대주가 노성을 터트리며 봉을 휘둘렀다.

"이노오오옴!"

부우우웅.

봉이 폭혈도를 향해 횡으로 그어졌다. 그 봉을 향해 환도가 마중 나갔다.

까아앙!

환도와 봉이 마주치며 빗속에 불똥을 터트렸다.

스가가각!

환도가 봉을 타고 미끄러졌다. 그 흐름을 따라 폭혈도의 몸도 앞으로 움직였다.

음사대주가 자신의 봉을 타고 미끄러져 들어오는 폭혈
도를 보고 화들짝 놀라 뒤로 물러났다. 그러나 폭혈도가
더 빨랐다.

서걱!

음사대주의 팔꿈치 아래가 사라졌다. 그는 피가 콸콸
쏟아지는 팔뚝을 보며 비명을 삼키고 땅을 박찼다. 그렇
게 허공으로 도약하는 그의 다리를 환도가 뒤쫓았다.

서걱.

팔에 이어 다리 하나도 사라졌다.

"으아아악!"

결국 비명을 지르며 땅에 처박힌 음사대주의 얼굴을 폭
혈도가 밟으며 전진했다.

콰직!

쇄애애애액.

세 개의 검이 앞에서 쏟아졌다.

음사대의 일, 이, 삼조장.

폭혈도는 검을 피해 허리를 젖히며 한 발로 땅을 거칠
게 쓸었다.

계속 내리는 비로 진창이 된 대지.

진흙이 그들의 얼굴을 향해 날았다. 음사대 세 조장의
이맛살이 일그러지며 고개를 숙여 피했다. 그 찰나 공격

이 멈췄고, 그로 인해 생겨난 허점을 폭혈도의 붉은 환도가 파고들었다.

파아아앗, 팟팟!

"컥!"

세 조장이 동시에 입을 쩍 벌렸다. 그들의 멱이 동시에 갈라져 핏물이 줄줄 흘러나왔다.

폭혈도의 환도가 다시 수십여 개의 도기를 쏟아냈다.

쇄애애애액!

"피, 피해!"

"막아라!"

"으아아아악!"

폭혈도가 다시 열 걸음을 전진했다. 또 한 번 붉은 도기가 사방을 향해 휘몰아쳤다. 그렇게 계속해서 도기를 뿌리고, 환도를 휘둘렀다. 내공을 아끼지 않았다.

그가 지나온 대지 위에 고인 빗물이 사파인들의 피로 붉게 물들었다.

짧은 시간에 사파인들이 오륙십 명이나 죽었다.

어리둥절해 있던 사파의 행렬 중간과 후위가 그제야 경각심을 가졌다.

물론 긴장까지 한 것은 아니었다.

그러나 그들은 천둥벌거숭이처럼 날뛰는 저 대머리를

빨리 진압하지 않으면 적지 않은 피해가 날 것임을 직감했다.

마차에 있던 고위직들이 속속 밖으로 나왔다. 그들 중 일부가 폭혈도를 향해 움직였다.

"노부가 상대하겠다!"

"내가 저놈을 죽이리라!"

사파의 고수들이 움직이자, 수하들이 폭혈도 주변에서 물러나기 시작했다.

폭혈도에게 이건 기회였다.

바짝 긴장한 사파인들의 마음에 작은 방심이 비집고 들어오는 순간, 그는 그 틈을 타 앞으로 경공을 펼쳤다.

파아아아앙!

그의 주변으로 비바람이 불었다.

무서운 속도로 전진하는 그의 앞과 좌우에서, 이제는 됐다는 생각에 방심하던 사파인들이 눈을 치켜떴다.

파파파파팟! 서거거거거걱!

"으아아아아악!"

열댓 명이 비명을 지르며 한순간에 생사를 달리했다.

물러나려던 이들이 긴장하며 다시 날붙이를 쥔 손에 힘을 주었다. 그러나 애초에 이들은 폭혈도의 적수가 아니었다.

쇄애애액.

붉은 환도가 앞을 막아서는 이들의 몸을 난도질했다.

피 보라가 사방으로 퍼져 나갔다. 비명도 쉴 새 없이 터졌다.

쨍, 쨍쨍쨍! 쩌어엉, 서걱.

마차에서 가장 먼저 나온 고음교의 장로가 허공에서 검을 휘두르며 떨어져 내렸다.

폭혈도의 입가에 비릿한 미소가 스쳤다.

저 노인은 너무 서둘렀다.

폭혈도가 땅을 쾅! 찼다.

어기충소.

순간적으로 몸을 높이 뽑아 올리는 경신술.

폭혈도와 고음교 장로의 몸이 허공에서 엇갈렸다.

파파앗!

고음교 장로의 허리가 단 일 합에 양단됐다.

폭혈도가 허공에서 하강하며 환도를 계속 휘둘렀다.

슈아아아아앗!

백여 개도 넘는 검기 다발.

붉은 유성우가 그가 착지하려는 근방을 초토화시켰다.

콰콰콰콰아아앙!

차악.

폭혈도는 착지하자마자 다시 앞으로 달렸다.

쇄애애액, 서걱! 파아아앗, 서걱!

"끄아아아악!"

"으아악!"

사파인들이 계속 비명을 지르며 고꾸라졌다.

고음교의 장로 둘이 폭혈도를 좌우에서 덮쳤다.

쇄애애액! 쇄애애액!

동시에 흑살궁의 두 호법이 비수들을 던졌다.

파아아아아!

허공을 찢는 파공성.

갑자기 급조한 합격이나 그것을 하는 이들이 모두 한가락 하는 고수들.

물론 뒤로 물러나 피하면 된다. 그리고 그것은 사파의 두 장로와 두 호법이 원하는 바였다.

처음부터 지금까지 단 한 번도 멈추지 않고 전진하는 폭혈도를 물러나게 하는 것.

사파인들은 지금 모두가 폭혈도의 기세에 눌려 숨조차 제대로 쉬지 못하고 있었다. 가히 파죽지세로 돌파하는 폭혈도를 보며 겁에 질려 있었다. 두려움에 질린 수하들 중 뒤로 물러나는 이탈자가 생기려는 순간이었다.

그렇게 이탈자가 생기게 되면 전열이 흐트러지게 된다.

그리고 그건 자신들의 피해가 더 커진다는 것을 의미했다.

그러니 일단은 제동을 거는 것이 필요했다.

수하들에게 숨 돌릴 틈을 주면서 상황을 다시 냉정하게 판단할 수 있게 만들어줘야 했다.

그럼 저놈을 잡는 것은 식은 죽 먹기였다.

그런데…… 모두의 예상을 깨고 폭혈도는 물러서지 않았다. 자신을 향해 파고드는 비수를 피하지 않고 앞으로 몸을 회전시키며 뛰어들었다.

쇄애애애액.

"……!"

"……!"

두 고음교 장로의 눈이 찢어질 듯이 커졌다. 설마 이 미친 대머리가 비수를 피하지 않을 거라고는 상상도 하지 못했기에.

파곽!

비수 중 두 개가 폭혈도의 팔뚝과 허벅지에 꽂혔다.

"크윽!"

폭혈도는 낮은 신음을 흘렸다. 그러나 그는 웃고 있었다. 최대한 몸을 비틀면서 급소는 피했으니까. 더군다나 상당한 고수로 보이는 두 노인의 허점이 드러났으니까.

서걱! 콰직!

"끄아아악!"

비명을 지르는 장로 한 명의 오른팔이 날아갔다. 동시에 다른 장로의 머리가 쪼개졌다.

허벅지에 비수를 맞았지만, 폭혈도는 전혀 느려지지 않은 속도로 앞을 향해 질주했다.

"이런 미친!"

"허!"

흑살궁의 두 호법이 당황하다가 즉시 태세를 갖췄다.

쇄애애액.

환도가 한 호법의 얼굴을 향해 떨어졌다. 그 호법은 환도를 막으려 했고, 다른 호법은 폭혈도의 옆구리를 노렸다.

"으아아아압!"

폭혈도가 기합을 넣었다.

순간, 폭혈도의 환도를 막던 호법의 안색이 창백해졌다. 환도에 어리는 기운.

그건 강기였다!

희미하지만 분명 도강(刀罡)이었다.

파직!

호법의 검이 깨지고, 폭혈도의 환도가 계속 나아갔다. 그러더니 호법의 얼굴에 그대로 박혔다. 동시에 폭혈도가 앞으로 고꾸라졌다.

파아아앗!

폭혈도가 앞으로 엎어지자 그의 허리를 노렸던 다른 호법의 검이 애꿎은 허공만 베었다.

폭혈도는 앞으로 데구루루 구르다가 벌떡 일어나 다시 앞으로 달렸다.

쇄애애액! 파파파팟!

"으아아아악!"

사파인들이 비명을 지르며 나가떨어졌다.

그들 쪽으로 두 명의 호법과 두 장로가 나섰기 때문에 쉽게 앞이 뚫릴 일은 없을 거라고, 그것도 순식간에 그럴 일은 절대 없을 거라고 방심하고 있던 터라 피해가 커졌다.

폭혈도가 달리는 방향의 사파인들이 마침내 도망치기 시작했다. 그로 인해 전열이 흐트러졌다.

홀로 살아남은 호법이 격노하며 그 뒤를 쫓았다.

두 장로와 두 호법이 나서면서 마차로 들어갔던 수뇌부들이 다시 나왔다. 그들도 폭혈도를 향해 움직였다.

"으하하하하! 내 앞을 막지 마라!"

폭혈도가 웃으며 수십여 개의 붉은 도기를 앞으로 쏟아냈다. 그러고는 사파인들이 도망치면서 생겨난 틈을 이용해 더 빠르게 달렸다.

그리고 수뇌부들이 폭혈도를 잡기 전에, 그가 먼저 달구지들이 있는 곳에 도착했다. 달구지를 지키던 사파인들도 주변으로 훌쩍 물러난 상황.

폭혈도는 거친 호흡을 내뿜었다.

하얀 김이 입에서 계속 새어 나왔다. 공력을 너무 빠르게 뽑아낸지라 진기가 살짝 진탕됐다.

그는 바로 앞 달구지에 있는 그녀를 보면서 말했다.

"안녕?"

폭혈도는 웃으려고 했다. 그러나 웃음이 새어 나오지 않았다.

자신을 불신의 기색으로 바라보는 남궁소소의 얼굴이 기가 막혔기 때문이다. 정말 그녀가 맞는지 의심이 갈 만한 몰골.

머리카락이 적지 않게 잘려 있어 듬성듬성 머리 속살이 보였다. 얼굴은 시퍼렇게 멍들어 있었다.

그녀가 얼빠진 얼굴로 말했다.

"폭혈도……."

폭혈도가 억지로 미소를 머금고 빗물을 받아먹으며 대꾸했다.

"뒤에 오라버니 붙여야지."

3

야산에 매복해 지켜보던 남궁보의 무사들은 처음에는 안타까워했다. 혹은 웬 미친놈일까 궁금해했다.

그러나 폭혈도가 공력을 담아 외치는 소리에 정체를 알고는 기함했다.

왜 마교의 천랑대 일조장이?

그 의문이 가시기도 전에 폭혈도의 질주를 보면서 입을 쩍 벌렸다.

저자가 자신들이 끔찍이도 싫어하는 마교의 마인이라는 것조차 잊고, 주먹까지 불끈 쥐며 속으로 응원했다.

폭혈도가 비수를 맞는 장면에서는 안타까워하는 탄식이 곳곳에서 흘러나왔다.

그러나 이내 그가 사파의 고수들을 절묘하게 상대하며 쉼 없이 전진하는 모습에 혀를 내둘렀다.

그리고 마침내 그가 달구지들이 모여 있는 곳까지 다다르자 숨을 죽였다.

저 마인이 대체 무슨 생각으로 그러는 것인지 알 수는 없지만, 모두 한마음, 한뜻으로 폭혈도가 인질들을 구해 내길 바라 마지않았다.

그러면서 동시에 알고 있었다.

기적은 없다는 것을.

분명 폭혈도의 선전은 대단하다 못해 경이롭기까지 했다. 그러나 그것은 사파가 기습에 당황한 탓이었고, 수뇌부들이 모두 나섰으니, 여기까지가 한계임을 잘 알고 있었다.

그럼에도 그들은 이 싸움의 끝을 확인하기 위해 눈을 떼지 못했다.

폭혈도는 남궁소소를 향해 재우쳐 물었다.

"오라버니 안 붙여?"

그러고는 뒤돌아서 자신을 포위하고 있는 사파의 수뇌부들을 보았다.

그들은 모두 치를 떨고 있었다.

고작 한 명에게 이런 치욕을 당한 것이 어처구니가 없어서였다.

그럼에도 불구하고 바로 달려들지 않는 것은, 저 대머리가 정말 마교의 인물인지 궁금했기 때문이다.

아무리 머리를 굴려봐도 마교가 개입할 까닭이 없는 탓이었다.

흑살궁주가 물었다.

"네놈이 정말 마교, 천랑대의 일조장이냐?"

폭혈도는 팔뚝에 박혀 있는 비수를 뽑아냈다. 그런 후, 허벅지의 비수도 뽑고는 피가 더 흐르지 않게 점혈을 했다.

태연하게 제 할 일을 하는 그의 모습에 흑살궁주의 얼굴이 일그러졌다.

"천랑대 일조장이 맞느냐고 물었다!"

폭혈도는 고개를 건성으로 끄덕이면서 뒤에 있는 남궁소소에게 물었다.

"오라버니 정말 안 붙여?"

그제야 정신을 차린 남궁소소가 침을 삼키고 물었다.

"왜? 왜 여기에?"

폭혈도가 그녀의 말을 끊었다.

"오라버니니까."

"예?"

"네가 억지로 의남매 맺자고 해서 받아줬더니, 지금 생까는 거냐?"

남궁소소는 자신도 모르게 가슴이 울컥했다. 그녀는 입술을 꾹 깨물었다가 말했다.

"내가 이렇게 된 것은 어떻게 알고……."

"뭐, 그냥 근처에 지나가다가 들었지."

"······."

"미안한데, 구출하기는 어려울 것 같아. 너도 알지?"

남궁소소도 그 정도는 알고 있었다. 그래서 더욱 폭혈
도가 이해되지 않았다.

"그런데 왜 이러는 거예요? 전 당최 이해가 되지 않아
서······."

"오라버니잖아."

"예?"

"오라버니니까."

"······."

"소원을 말해봐."

"예?"

"널 살릴 수는 없겠지만, 소원 하나는 들어줄게. 가령,
저놈들 중 어느 놈은 꼭 죽여 달라든지······."

흑살궁주와 고음교주가 성내며 다시 질문을 던졌다. 그
러나 폭혈도는 계속 무시하며 남궁소소와 대화를 이어 나
갔다.

"그리고······ 힘들어도 포기하지 말고 살아라. 쓸데없는
생각하지 말고."

순간, 남궁소소의 눈에서 눈물이 왈칵 쏟아졌다.

"그 말 해주려고 온 거예요? 그 말 한마디 하려고······

죽으러 오는 게 말이 돼요?"

폭혈도가 어깨를 으쓱거렸다.

"왜? 난 이게 멋있는데."

"멋있긴 개뿔. 바보짓이에요. 아마 상관이나 동료들이 골치깨나 썩겠네요."

"키키킥, 맞아. 이게 내 그릇의 크기야. 그릇이 작거든. 그래서…… 지금 천랑대 임시 대주도 일조장인 내가 아니라 동생인 마령검이 맡고 있지. 아마 내가 평생 대주 자리 맡을 일은 없을 거야. 사고뭉치거든."

"그게 자랑이에요?"

한심하다는 얼굴로 툭 쏘아붙이던 남궁소소는 자신의 모습에 놀랐다. 다시는 이렇게 편한 대화를 누군가와 나눌 수 없으리라 생각했기에.

자신의 일상적인 삶은 다시 돌아오지 못할 거라 여기고 있던 것이다.

그녀는 함께 잡혀 있는 인질들에게는 미안하지만, 자진하고 싶은 마음이 굴뚝같았다. 악몽 같은 밤을 오늘도 또 보내야 한다는 사실이 몸서리쳐지게 끔찍했으니까.

사파의 수뇌부가 천천히 앞으로 발을 내디뎠다. 계속 자신들의 질문을 무시하는 폭혈도를 더 이상 참고 지켜볼 수 없어진 것이다.

폭혈도가 고개를 돌려 남궁소소를 향해 말했다.

"살아라."

남궁소소는 고개를 저으며 슬픈 미소를 머금었다.

"난 이미 더럽혀졌고……."

"네 잘못이 아니다. 죽어야 할 놈은 죄진 놈이지, 네가 아니다."

"……."

"꼭 죽여야 할 놈 정말 없어?"

남궁소소는 입술을 떨며 말했다.

"흑살궁의……."

소궁주, 흑우를 손으로 가리키며 죽여 달라고 말하고 싶었다. 그러나 그녀는 이내 고개를 저으며 폭혈도의 등을 보았다.

"없어요."

폭혈도가 당황하며 고개까지 뒤로 돌렸다.

"없어?"

남궁소소가 웃으며 말했다.

"제 소원은…… 폭혈도 오라버니가…… 살아서 탈출하는 거예요."

"그건 내가 하고 싶어도 어려워."

"저 포기하지 않고 살게요. 버텨볼게요. 그러니까 오라버니도 포기하지 말아요."

흑살궁주 옆에 있는 흑우가 비수를 던졌다.

쇄애애액!

폭혈도는 돌아서며 환도를 세차게 그었다.

쨍!

비수가 환도에 튕겨 나갔다.

그것을 신호로 수뇌부가 일제히 움직이려고 했다. 하지만 뒤에서 들려오는 경악한 외침에 모두의 움직임이 한순간 멈췄다.

"처, 천마검이다아아!"

"천마검이야, 천마검이라고!"

사육주의 사파인이라면 모두가 천마검을 잘 알고 있었다.

무상 손거문을 상대로 보여주었던 그 놀라운 신위.

거기에 허공까지 걷고, 심지어는 뛰어다니기까지 한 마신지경의 고수.

사파의 수뇌부는 그 순간 침을 꼴깍 삼켰다.

저 대머리가 천랑대 일조장이 맞다면, 천마검이 이 순간 등장하는 것도 전혀 어색하지 않았다.

그는 전(前) 천랑대주였으니까.

흑살궁주와 고음교주가 긴장한 낯빛으로 고개를 돌렸

다. 수하들은 이미 좌우로 갈라지고 있었다.

두 사람, 그리고 두 마리의 흑마.

그들이 비를 맞으며 말을 천천히 몰아오고 있었다.

야산에서 이 광경을 지켜보고 있는 남궁보의 무사들은 숨을 죽이고 눈을 의심했다.

천랑대 일조장이 등장하더니, 이젠 천마검까지?

대체 저들은 무엇을 노리고 있는 걸까?

남궁보의 총관이 약간 흥분한 어조로 말했다.

"어쩌면 우리에게도 기회가 올 수도……."

남궁휘명이 말꼬리를 잡아 물었다.

"무슨 뜻인가?"

"저들이 양패구상할 수도 있지 않겠습니까?"

"아무리 천마검이라고 해도 전력 차가 너무 크지 않은가. 양패구상이라니."

"물론 그렇겠지요. 하지만…… 많은 사람들이 천마검을 천하제일인이라고 여기고 있습니다. 그렇다면 사파의 피해도 적지 않을 것이고, 우리가 혼란한 틈을 잘 이용하면 인질들을 구출할 수 있을지도 모릅니다."

그의 말마따나 무림인들은 천마검 백운회를 천하제일인이라 생각하고 있었다.

소수의 인원으로 무림맹 총타를 유린했을 뿐만 아니라 절대고수인 무상 손거문을 패퇴시킨 장본인이었으니까.

패왕의 별과는 무관하게, 무림에서 가장 강한 단 한 사람을 꼽는다면 대부분의 사람들이 천마검을 가장 앞에 두었다.

남궁휘명이 고개를 끄덕이며 말을 받았다.

"그렇다면 우리도 준비를 해두는 것이 좋겠군."

"예, 그렇지요."

그들은 조용히 산 아래로 내려가기 시작했다. 기회다 싶으면 당장 야산 밖으로 뛰쳐나가 인질들을 구하려고.

흑우가 부친인 흑살궁주에게 급히 말했다.

"일단 저 대머리부터 죽이고 천마검을 상대해야 되지 않겠습니까?"

폭혈도부터 제거하자는, 타당한 의견.

그러나 흑살궁주는 입술을 꾹 깨물고 침묵했다. 그러자 흑우가 고개를 갸웃거렸다.

"아버지?"

그러나 흑살궁주는 계속 침묵을 고수했다. 고음교주도 마찬가지였다.

그리고 마침내 백운회가 사파 무리 앞, 지척에 다다랐

다. 그는 자신을 두려운 낯빛으로 보는 사파인들을 천천히 훑어보다가 무리의 안쪽에 있는 흑살궁주와 고음교주를 보았다.

백운회는 뭔가 고민이 있는지 손을 들어 관자놀이를 비볐다.

쏴아아아.

계속 쏟아지는 비.

그가 입을 열었다.

"꺼져라!"

담담하게 말했지만, 그의 음성은 우레처럼 울리며 허공에 퍼졌다.

내리던 빗방울들이 진저리를 쳐 댔다. 사파인들 역시 몸을 바르르 떨며 몇 걸음씩 뒤로 물러났다.

흑살궁주와 고음교주의 얼굴이 붉으락푸르락 변했다.

지독한 굴욕감이 전신을 휘어 감았다.

당장에라도 저놈을 죽여 생살을 씹어 먹고 싶었다. 그러나 과연 자신들이 저놈을 상대로 승리할 수 있을까에 대해서는 회의적이었다.

또한 설사 승리하더라도…… 수하들 태반이 죽게 될 공산이 매우 높았다.

태반의 수하들이 죽게 되면?

사육주에서 자신들의 입지가 추락할 것이 자명했다.

아마 당장 사사주로 바뀌게 되리라.

즉, 천마검과 승부하는 것은 어리석은 선택이었다.

백운회가 다시 입을 열었다.

"두 번 말해야 하나?"

이번에는 아까처럼 허공이 울리진 않았다. 그러나 모두가 더 놀라 주변을 잠깐 두리번거렸다.

마치 자신들의 지척에서 말하는 것처럼 들린 탓이었다.

흑살궁주가 마침내 입을 열었다.

"우리에게 시비를 거는 이유가 뭔가? 마교와 우리는…… 정파와의 싸움이 끝나기 전까지는 서로 건드리지 않기로 암묵적인 합의를 한 것 아니었나? 녹림의 총표파자에게 분명 그렇게 들었는데?"

백운회가 피식 웃고 답했다.

"그래서 살려주잖아."

"……"

"그러니까 살려줄 때 꺼져."

흑살궁주의 얼굴이 시뻘겋게 달아올랐다. 하지만 그는 주먹만 부르르 떨었다.

백운회가 말했다.

"죽고 싶다면야."

그가 흑마의 옆구리를 툭, 쳤다.

천천히 앞으로 걷는 흑마. 관태랑도 그의 약간 뒤에서 따랐다.

좌우로 갈라진, 무수히 많은 사파인들 사이로 두 인마가 이동했다.

천천히, 그러나 무겁게.

사파인들은 침만 연신 삼켰다. 달려들 생각은커녕 눈조차 마주치지 못했다.

야산에 숨어 이 광경을 지켜보는 남궁보의 무사들과 달구지 위의 여인들이 입만 쩍 벌렸다.

눈으로 보고 있으면서도 도저히 믿기지 않는 장면이었다.

이천이 넘는 사파인들이 천마검의 눈치를 살피고 있었다.

남궁소소가 고개를 저으며 중얼거렸다.

"말도 안 돼!"

그녀를 본 흑우가 얼굴을 찌푸렸다. 저 계집이 희망을 품고 있는 상황이 마음에 들지 않았다. 그는 흑살궁주에게 소리 죽여 말했다.

"아버지, 이렇게 모욕을 당하고 복귀하면 천하의 웃음

거리가 되고 말 겁니다. 사육주에서도 저희를 조롱할 것이고요! 피해 없이 돌아가 봤자 무슨 소용이 있겠습니까?"

"으음……."

흑살궁주와 고음교주가 동시에 신음을 흘렸다.

흑우가 속삭였다.

"천마검의 수하 사랑이 그렇게 대단하다지요? 수하들에게 공격령을 내리고, 저 대머리를 인질로 잡으면 끝나는 일입니다."

"……."

"우리 수뇌부가 모두 달려들면, 저 대머리가 버텨봐야 얼마나 버티겠습니까?"

비가 쏟아지고 있었다. 그리고 아직 천마검과의 거리는 꽤 있었다. 또한 흑우는 정말 나직하게 말했다.

굳이 전음으로 하지 않아도 거리와 빗소리 때문에 천마검이 들을 수 없는 것이 당연했다.

그런데 흑살궁주와 고음교주가 흑우의 제안에 결국 고개를 끄덕이는 순간, 천마검의 입꼬리가 올라갔다.

그가 관태랑에게 고개를 돌려 말했다.

"폭혈도를 도와 인질들을 지켜줘."

관태랑이 싱긋 웃었다.

흑살궁주와 고음교주가 동시에 명을 내렸다.

"천마검을 죽여라!"

"저놈들을 죽여라!"

그들이 수하들에게 일갈하며 폭혈도를 향해 달려들려고 했다. 그런데 황당한 장면이 펼쳐졌다.

백운회와 관태랑 주변에 가득한 사파인들 그 누구도 달려들지 않은 것이다.

서로 눈치만 볼 뿐.

수뇌부는 수하들이 천마검을 얼마나 두려워하는지 간과했다. 동시에 천마검이 주변을 가공할 무형지기로 압박하고 있다는 것을 눈치채지 못했다.

관태랑이 흑마의 옆구리를 쳤다.

히이이이힝!

관태랑이 탄 말이 앞으로 질주했다.

백운회는 말 위에서 뛰어내렸다. 그렇게 착지하며 땅을 발로 차는 순간, 그의 몸이 벼락처럼 앞으로 쇄도했다.

극성의 이형환위를 넘어서는 속도.

"허억!"

흑살궁주가 눈 한 번 깜짝할 사이에 삼십여 장의 거리를 격하고 코앞에 등장한 천마검을 보며 대경했다.

쇄애애액.

황급히 정신을 차리고 들고 있던 칼로 천마검의 머리를 쪼갤 듯 내리그었다.

하지만 흑살궁주의 검은 아무것도 베지 못하고 그대로 내려와 땅에 박혔다.

"이런!"

천마검은 그의 검이 지나가는 자리 바로 앞에서 멈춰 피식 웃으며 주먹을 뻗었다.

콰직!

흑살궁주가 뒤로 날아가 진창에 처박혔다. 그의 이 몇 개가 허공에 날아갔다.

곁에 있던 고음교주는 얼이 빠졌다. 하지만 본능적으로 검을 휘둘렀다.

천마검이 그것을 보며 발검했다.

섬전처럼 뽑혀 나오는 발검.

찰칵, 쨍!

검과 검이 충돌했다. 그러자 고음교주의 이마에 힘줄이 도드라졌다.

천마검의 검이 자신의 검을 짓눌렀기 때문이다.

스르르르, 툭.

고음교주의 검첨이 맥없이 밀려 떨어지다가 땅에 박혔다.

백운회가 말했다.

"힘이 없군."

"으으……."

고음교주는 황당함에 치를 떨었다. 무상을 제압한 괴물임은 알고 있었지만, 이 정도인 줄은 몰랐다. 동시에 나름 호각을 벌인 무상이 정말 강했었구나, 라는 생각도 얼핏 들었다.

그러나 생각은 생각이고, 몸은 본능적으로 움직였다. 이대로 당할 수는 없기에.

그의 왼 주먹이 천마검을 향해 빠르게 꽂혔다.

파아앗, 타악.

그의 주먹이 백운회의 왼손에 잡혔다.

"힘이 없어."

투투득!

그의 왼손 뼈가 모조리 부러져 버렸다.

"끄아아아악!"

고음교주가 비명을 지르며 털썩 주저앉았다. 그의 턱이 백운회의 발길질에 돌아갔다.

콰직!

그의 신형이 허공으로 이 장여 가까이 올라갔다가 떨어졌다. 떨어지는 곳으로 마침 관태랑이 말을 타고 들어왔다.

고음교주는 이를 악물고 오른손을 뻗었다.

그의 손에서 장력이 뿜어져 나왔다.

관태랑이 보지도 않고 검을 뽑았다.

찰칵, 슈각!

장력이 베어졌다.

파앗!

고음교주의 목도 갈라졌다.

4

경악과 충격, 그리고 분노.

사파의 수뇌부가 일제히 달려들었다.

그들 선두의 열댓 명이 동시에 기운을 뿜어 대니, 그 기세가 지독하게 흉험했다.

백운회가 그에 맞서 진각을 밟았다.

콰아아아앙!

그는 몇 개의 방위로 잇달아 진각을 밟았다.

콰아아앙, 콰앙! 콰콰콰아아앙!

그가 밟은 땅이 앞으로 길게 여러 개의 고랑을 만들어 내며 달렸다. 좌우로 진흙들이 비산했다.

달려들던 사파 고수들이 눈살을 찌푸리며 몸을 피하거나 진각을 마주 밟았다.

지이이이잉.

백운회가 쥔 검에 검강이 맺혔다.

쇄애애액!

초승달 모양의 강기들이 비 오는 허공을 찢었다.

퍼퍼퍼퍼어엉!

사위를 떨게 하는 가공할 기세에 빗방울들이 짜부라지다가 터져 나갔다.

"죽어라!"

강기를 검으로 튕겨내며 가장 먼저 들이닥친 고음교의 태상 장로가 노호성을 터트리며 극을 휘둘렀다.

슈우우우웅!

백운회의 입가에 맺히는 비릿한 미소.

그의 검이 절묘하게 극을 비껴 때리며 단숨에 안으로 파고들어 가 태상 장로의 가슴을 찢었다.

"크허억!"

백운회가 앞으로 발을 내디뎠다. 순간, 그의 신형이 연기처럼 사라졌다.

고음교의 외당주가 눈을 화등잔만 하게 떴다.

천마검과의 사 장여 거리가 삽시간에 사라져 버렸다.

그의 검이 이미 어깨에 박히고 있었다.

"이런 미친! 으아아아악!"

외당주가 비명을 지르며 고꾸라졌다.

쇄애애애액!

지척의 흑살궁 원주와 장로가 창과 검을 휘둘렀다.

쨍…… 쨍!

백운회의 검이 창을 튕기며 방향을 틀어버렸고, 그 창은 장로의 검과 부딪쳤다.

"……!"

"어?"

원주와 장로가 당황해 눈동자가 흔들리는 사이, 백운회의 검에서 튀어나온 강기가 그들의 얼굴을 강타했다.

백운회가 땅을 박차며 살짝 몸을 띄웠다.

퍼러러러럭.

빗물을 먹은 장포가 바람에 펄럭거렸다. 흑살궁 총관이 검을 휘두르려다가 화들짝 놀랐다. 백운회가 들고 있던 검을 던진 것이다.

콰직!

총관의 이마 한가운데에 검이 박혔다.

쇄애애액, 파파파팟!

천마검을 향해 몇 개의 장력이 폭사해 왔다.

퍼퍼퍼어어엉!

천마검의 몸에서 터지는 장력을 보며 세 명의 흑살궁 장로 얼굴이 희열에 젖었다. 그러나 아무렇지도 않다는 듯 장력을 뚫고 다가온 천마검을 보고 아연해졌다.

천마검의 몸뚱어리는 쇠로 만들어졌단 말인가. 분명 호신지기를 펼치지도 않았는데!

어느새 땅에 떨어져 있던 검 하나가 천마검의 손에 빨려 들어가 있었다.

서거거걱! 푸욱.

"컥!"

두 장로의 목이 떨어지고, 한 장로의 가슴에 검이 박혔다.

쏟아지는 비수들.

백운회가 부드럽게 손을 쓸었다.

휘이이잉.

그의 손에서 흘러나오는 무형지기.

비수들이 천마검의 뒤를 덮치던 흑살궁도들을 향해 방향을 틀었다.

비명, 비명, 비명!

검이 백운회의 손을 떠나 허공을 날았다.

이기어검술.

쇄애애애액! 서거거거걱!

가진바 무공으로 천하에 이름을 날리던 사파의 고수들이 어이없을 정도로 허망하게 무너져 내렸다. 천마검이 지나가는 자리 뒤에서 피 분수가 쉼 없이 허공에 뿌려졌다.

달구지를 향해 달려드는 사파인들.

관태랑이 검을 횡으로 그었다.

몇 줄기 검사(劍絲)가 검첨에서 뽑아져 나오며 길게 늘어졌다. 그 검사에 닿은 사파인들이 고통에 진저리를 치며 고꾸라졌다.

내공이 깊은 일부가 멈추지 않고 다가왔다.

관태랑이 흐릿하게 미소 지으며 입을 열었다.

"내가 천랑대주, 섬마검이다!"

그의 검은 마치 빛살처럼 허공을 베었다.

스르르르.

검신과 닿는 빗방울들이 미끄러지려다가 검의 속도를 감당하지 못하고 쪼개졌다.

파아아아, 팟팟팟!

"끄아아아악!"

세 명의 사파인이 동시에 단말마를 터트리며 고꾸라졌다.

히이이힝.

말고삐를 틀자 말 머리가 옆으로 돌았다.

쇄애애액!

좌측에서 몸을 날려 덮치던 흑살궁의 각주가 부지불식간에 '아!' 하는 탄식을 뱉었다.

섬마검의 검이 빠르기도 하거니와, 흑마를 그렇게 재빨리 틀어 방향을 바꿀 줄은 예상 못한 탓이었다.

푸욱!

검이 각주의 심장에 박혔다가 곧바로 빠져나왔다. 그가 진창에 박히면서 중얼거렸다.

"괴물……."

흑우는 호법들과 함께 폭혈도를 노렸다. 그러나 믿음직한 자신의 다섯 호위가 순식간에 땅에 쓰러져 버렸다.

역부족임을 깨달은 그가 뒤로 물러나는데, 남궁소소가 갑자기 안타까운 목소리로 중얼거렸다.

"저놈, 저 흑우 개자식만큼은……."

분에 겨워 제대로 말조차 맺지 못하는 남궁소소.

그녀의 혼잣말을 들은 폭혈도는 소소가 아까 말하려다 그만뒀던 게 저놈인 것을 직감했다.

폭혈도는 찰나 망설였다.

뒤로 물러나는 흑우를 잡으려면 자리를 벗어나야 했다.

그랬다가는 남궁소소를 비롯해 여인들이 위험해질 수 있고.

그는 자신이 쥐고 있는 환도를 흘낏 내려다보았다.

천마검 대종사처럼 검에 구애받지 않는 사람도 일부 있지만, 자신의 경우는 아니었다. 그는 이 붉은 환도를 지극 정성으로 아꼈다. 매일 칼을 갈고닦았다.

흔히 말하는 애도(愛刀)였다.

그렇기에 전장에서 이 환도를 놓는다는 것은 단 한 번도 생각해 본 적이 없었다.

'이 도를 손에서 뗀다는 것은 상상도 할 수 없는 일이지.'

그렇게 생각하면서도 환도를 미련 없이 던졌다.

그야말로 젖 먹던 힘까지, 혼신의 힘을 다해.

남은 내력을 모조리 뽑아낸다는 기분으로.

파앗!

그의 손을 떠난 환도가 마치 사라진 것 같았다. 허공에는 칼이 지나간 붉은빛 잔영만 스치듯 남았다.

흑우가 자신을 향해 쏘아져 오는 붉은 빛줄기를 보며 눈을 치켜떴다.

머릿속으로는 칼이 날아오고 있다는 것을 알았다. 하지만 동시에 머리가 부인했다.

저렇게 빠른 것이 칼일 리가 없다고.

저건 진짜 하늘에서 떨어지는 벼락과 같지 않은가.

그러면서도 그는 검을 휘둘렀다. 삼십 몇 년간 검을 휘두르며 살았다. 그러니 몸이 절로 반응한 것이다.

쇄애애액!

그의 검이 붉은 빛줄기를 향해 내려섰다.

그러나 벼락처럼 빨라 보이는 속도를 막는 것은 불가능했다.

그의 검은 얼굴까지도 내려오지 못했고, 폭혈도의 붉은 환도는 목적을 달성했다.

콰직!

"컥!"

흑우는 자신의 가슴에 박힌 환도를 보며 고통에 입을 쩍 벌렸다. 얼마나 깊이 박혔는지 도의 손잡이만 보였다.

털썩.

흑우의 한쪽 무릎이 꺾이며 진창에 닿았다.

주르르륵.

입에서 검붉은 피가 쏟아졌다.

흑우의 눈이 빗속을 뚫고 남궁소소와 폭혈도를 보았다.

"젠장, 내가 이렇게 허무하게⋯⋯."

폭혈도가 발 앞에 있는 돌멩이를 찼다.

"유언 따위 필요 없으니, 빨리 뒈져라."

돌멩이가 쏜살같이 날아가 중얼거리던 흑우의 입에 박

했다.

"컥! 커어억! 컥컥!"

그의 몸이 잔 경련을 일으키더니, 이내 얼굴이 진창에 처박혔다.

폭혈도는 흑우의 호위였던 자의 검을 주워 들었다.

그 검으로 이십여 명을 계속 베어냈을 때, 백운회가 사자후를 터트렸다.

"으허허어어엉!"

대기가 몸살을 앓았다. 떨어지는 빗방울들이 놀라서 사방으로 흩어졌다.

싸움이 일시 멈췄고, 침묵이 그 잠깐의 순간을 비집고 들어왔다.

쏴아아아!

들리지 않던 빗소리가 다시 선연하게 모두의 귀에 파고 들었다.

백운회는 천천히 고개를 돌렸다.

그와 눈이 마주치는 사파인들이 움찔하며 몸을 떨다가 시선을 외면했다.

숨조차 제대로 쉬지 못하고 침만 꿀꺽 삼켰다.

어디 사파인들 뿐이겠는가.

남궁소소를 비롯한 달구지에 포박되어 있는 여인들도

그랬고, 멀리 야산에서 숨어 지켜보던 남궁보의 무사들도 넋이 나가 버렸다.

눈앞의 현실이 믿겨지지 않았다. 혹시 꿈을 꾸고 있는 건 아닐까, 라는 생각마저 들었다.

잠시 뜸을 들인 백운회는 이마를 덮은 머리카락을 쓸어 올리며 담담하게 말했다.

"마지막 경고다."

"……."

"꺼져라."

사파인들의 시선이 일제히 수뇌부가 있는 곳으로 향했다. 그러고는 보았다.

평소에 보면 주눅이 들 정도로 강하던 그 수뇌부의 고수들이 절반도 넘게 죽어 있다는 것을.

수뇌부의 시선 역시 한 사람을 향해 모였다.

이를 몇 개 잃고 얼굴이 피투성이가 된 흑살궁주였다.

흑살궁주는 천마검을 쏘아보면서 주먹을 쥐고 바르르 떨었다.

백운회가 그 원독 맺힌 눈을 보며 피식 웃었다.

"계속 싸우겠다면 끝장을 내주지."

그가 흑살궁주를 향해 한 발을 내디뎠다. 순간, 흑살궁주가 움찔하며 뒤로 한 걸음 물러났다.

무수히 많은 수하들이 지켜보고 있음에도 그는 물러설 수밖에 없었다.

무서웠다.

천마검이 자신만을 노리고 달려들까 봐. 그리고 지금 천마검의 눈빛은 그렇게 말하고 있었다.

다음 상대는 바로 자신이라고.

백운회가 다시 한 발을 내디뎠다.

그러자 하얗게 질린 흑살궁주가 고함을 질렀다.

"전원!"

사파인들이 침을 삼키고 뒷말에 집중했다.

흑살궁주가 입술을 꽉 깨물었다. 그가 침통한 낯빛으로 말했다.

"물러난다."

살아남은 혈사궁과 고음교의 수뇌부 고개가 밑으로 떨어졌다. 반면, 사파의 수하들은 반색했다.

그들이 세 마인을 경계하며 천천히 물러나기 시작했다.

폭혈도는 환도를 찾아와서 관태랑과 함께 여인들을 풀어주고는 달구지에 걸터앉았다.

여인들은 기뻤지만, 그 기색을 얼굴에 드러내지 못하고 초조한 표정을 지었다.

천마검이 어떻게 나올지 몰라서였다. 어떤 의미에서는 천마검 한 명이 수천의 사파인들보다 더 무섭게 느껴질 정도였다.

관태랑이 폭혈도 옆에 앉으며 물었다.

"부상은 어때?"

폭혈도는 굳은 얼굴로 입술을 꾹 깨물고 대꾸하지 않았다. 관태랑이 싱긋 웃었다.

"모처럼 영웅이 되려 했는데 대종사와 내가 끼어들어서 반갑지 않은 건 아니겠지?"

폭혈도가 한숨을 내뱉고 답했다.

"왜 오셨습니까?"

"응? 정말인가? 물에 빠진 사람을 구해줬더니 보따리 내놓으라는 말이 이런 경우군."

"대종사까지 나서면…… 교주에게 꼬투리를 잡힐 수밖에 없지 않습니까?"

관태랑이 소리 없이 웃고는 폭혈도의 어깨를 가볍게 툭 툭, 쳤다.

"천랑대 일조장이 이미 움직였는데 어쩌겠어?"

"그래도 대종사와 대주까지 나서는 건 다르죠. 제 개인의 일탈로 몰아갔으면 됐을 텐데."

"천둥벌거숭이 조장을 둔 업보라고 생각해야지."

"그러니까 골치만 썩히는 저 같은 놈을 위해 대종사의 행보가 어그러지는 건 싫단 말입니다. 저 하나만 죽으면 되는 건데."

관태랑이 눈살을 찌푸리며 대꾸했다.

"너는 천랑대의 일조장이야. 너를 바라보는 조원들은 생각 안 해?"

"……."

"다시는 네 목숨을 가벼이 여기지 마라. 귀혼창도 없는데 너까지 그런 말하면…… 대종사나 내 속이 어떻겠어?"

할 말이 있을 리 없는 폭혈도가 고개를 푹 숙였다.

"죄송합니다."

관태랑이 다시 웃으며 폭혈도의 어깨를 팔로 둘렀다.

"이제 그만 속 썩여라."

폭혈도가 미안한 낯빛으로 고개를 끄덕였다.

백운회가 다가오자 달구지에서 내려와 모여 있던 여인들 중 남궁소소가 앞으로 나섰다.

"구해주셔서 감사합니다."

백운회는 그녀의 몰골을 보고 한숨을 쉬고는 대꾸했다.

"고초가 많았군. 인사는 폭혈도에게 해라. 폭혈도가 아니었으면 나나 천랑대주가 간섭하지도 않았을 테니까."

폭혈도가 미리 손사래를 쳤다.

"됐다. 이제 가봐라."

그의 말에 남궁세가 여인들의 얼굴이 눈에 띄게 밝아졌다. 마교도들이 정말 자신들을 풀어주려는 것이었다. 진짜로 자신들을 구하기 위해 나섰던 것이다.

한 여인이 중얼거리듯이 말했다.

"천마검은 마협이라더니."

그 말을 들은 여인들이 고개를 끄덕였다.

백운회가 손을 들어 검지로 야산을 가리키며 남궁소소에게 말했다.

"저 산으로 가면 남궁보의 무사들이 있을 거다. 그들에게 도움을 요청하고 함께 복귀하면 될 거다."

남궁소소가 화들짝 놀랐다.

"남궁보요?"

백운회가 고개를 끄덕였다.

"저들을 끌어들이려고 우리 천랑대주가 개방의 거지행세까지 했지."

관태랑이 달구지에서 일어나며 말을 받았다.

"우리가 시간도 없거니와, 본 교가 호위해 주면 세인들이 그대들까지 수상하게 여길 수 있어서 그렇게 했소."

여인들은 이렇게까지 자신들을 배려해 주는 모습에 가슴이 울컥했다.

백운회가 폭혈도에게 말했다.

"가자."

"예."

세 사내가 빗속을 걸었다.

남궁소소가 그들을 보며 망설이다가 따라가며 외쳤다.

"잠깐만요!"

세 사내가 멈춰 돌아서자 남궁소소가 그들 앞에서 정중하게 허리를 숙였다.

"정말 고맙습니다."

그녀 뒤에서 지켜보던 여인들도 그제야 정신을 차리고 허리를 숙였다.

"고맙습니다. 이 은혜 평생 잊지 않겠습니다."

세 사내가 별거 아니라는 얼굴로 고개를 끄덕이고는 다시 걸음을 재촉했다. 남궁소소가 또 앞으로 뛰었다.

"잠깐만요, 잠깐만. 폭혈도 오라버니!"

폭혈도가 한숨을 뱉고 심드렁하게 대꾸했다.

"감사는 이제 됐으니까, 돌아가서 잘살아."

그녀는 사내들의 앞에 서서 숨을 몰아쉬다가 백운회와 관태랑의 얼굴을 보며 말했다.

"두 분은 진짜 미남이시네요."

백운회와 관태랑이 당황했고, 폭혈도의 얼굴이 구겨졌

다. 그가 투덜거렸다.

"난 세상에서 미남이 제일 싫어."

백운회와 관태랑이 웃음을 터트렸다.

남궁소소도 그런 폭혈도를 보며 미소 지었다.

"폭혈도 오라버니는 못생겨서 다행이에요."

"그건 뭔 개소리야?"

남궁소소가 얼굴을 붉히며 고개를 숙였다.

폭혈도는 짜증난다는 표정으로 홱 돌아섰다. 그러자 관태랑이 그런 폭혈도의 어깨를 잡아 다시 남궁소소와 마주보게 했다.

"여인과 얘기할 때는 등 돌리는 거 아니다."

"아니, 대주. 얘가 나를 놀리니까……."

"직속상관인 내 말을 또 무시하는 건가?"

폭혈도는 지은 죄가 있는지라 콧김만 내뿜으며 남궁소소를 노려보았다.

관태랑이 소리 없이 웃고는 백운회를 향해 말했다.

"우리는 먼저 가는 게 좋겠습니다."

백운회도 미소로 고개를 끄덕였다.

"그러지."

두 사내가 멀찍이 떨어져 있는 말을 향해 걸어갔다.

폭혈도는 남궁소소를 향해 퉁명스럽게 말했다.

"할 말 있으면 빨리해라. 가뜩이나 나 때문에 대종사의 복귀가 지체돼서……."

그녀가 폭혈도의 말을 끊었다.

"전쟁이 끝나면…… 놀러 가도 돼요?"

"뭐?"

"오라버니 보러 놀러 가도 되냐고요?"

폭혈도가 '하!' 탄식하며 뒷목을 잡았다.

"네가 미친 왈가닥에 철딱서니가 없는 건 알고 있었지만…… 후우우, 그래. 누구냐? 대종사? 아님 대주님? 누구한테 반했는데?"

"……."

"아서라. 꿈 깨. 그리고 여자가 겁도 없이 어딜 온다고? 거리도 멀지만, 마구니들이 득실거리는 곳이야. 너 같은 미녀를 보면 침을 질질 흘릴 놈들이……."

그녀가 폭혈도의 말을 끊었다.

"괜찮아요."

"괜찮긴 뭐가……."

"오라버니가 있잖아요."

"어?"

"폭혈도 오라버니가 있잖아요. 절 지켜줄 거잖아요."

그제야 폭혈도도 남궁소소의 마음을 알아차렸다. 그가

멍하니 그녀를 보았다. 남궁소소는 입술을 꾹 깨물고 고개를 숙이며 말했다.

"내가 더럽다고 생각하시면…… 안 가겠지만. 아니, 못 가겠지만……."

폭혈도가 버럭 성냈다.

"뭔 개소리야?"

그의 외침이 얼마나 컸는지, 뒤에서 지켜보던 여인들까지 움찔하고 놀랄 정도였다.

남궁소소가 눈물을 훔치고 고개를 들었다. 그녀가 하얗게 웃었다.

"이거 봐요. 제가 이렇게 됐는데도 전혀 개의치 않잖아요. 그리고 한마디 위로의 말 전해주려고 목숨까지 거는 남자잖아요."

"……."

"그런 남자한테…… 어떤 여자가 안 반해요?"

폭혈도는 기가 막힌다는 얼굴로 그녀를 보다가 이내 고개를 들어 하늘을 보았다. 그는 비를 받아먹으며 침묵하다가 말했다.

"명문 무가에 좋은 남자 만나라. 그래야 행복해지지. 고아에 천둥벌거숭이고, 사고뭉치인 나를 만나봐야 네 인생 고달파진다. 너와 나는 애초에 인연이 아니야."

"그 인연 때문에 제가 살았는데요. 그 인연 때문에 지옥에서 벗어났다고요."

"……."

"그리고…… 그거 선입견이고, 편견이잖아요. 오라버니가 말했죠? 선입견과 편견에 죽을 때까지 맞서 싸우겠다고. 그런 사람이 그렇게 말하면 안 되죠."

"……."

"밥만 먹여줘요."

"나 가난해."

"알았어요. 내가 먹여 살릴게요."

폭혈도가 고개를 내려 남궁소소를 보았다. 지금 남궁소소의 얼굴은 엉망이지만, 싱그럽다는 생각이 들었다. 이렇게 순수한 마음을 가지고 있다는 것이 예쁘게 보였다. 그가 웃고 말했다.

"아무리 그래도 천하제일검가인 남궁세가의 영애와 천마신교의 마인은……."

"그 말도 전에 했어요. 의남매 맺자고 할 때."

"……."

"제가 갈게요. 반드시. 지조 없게 다른 여자한테 추파 같은 거 보내지 말고 기다려 줘요."

"하아아아, 내가 그런 짓 하면 여자들 무서워 다 도망

간다."

남궁소소가 손으로 입을 가리고 쿡쿡 웃었다.

"정말 다행이에요. 못생겨서."

폭혈도는 계속 한숨을 흘렸다.

매정하게 거절해야 하는데, 큰 아픔을 겪은 그녀가 자
칫 상심에 빠질까 봐 그럴 수가 없었다. 자신같이 볼품없
고 추레한, 중년의 대머리에게까지 거절당했다고 우울해
할까 봐 그러지 못했다.

그가 말했다.

"내가 가마."

남궁소소의 얼굴이 환해졌다.

"정말요?"

"그래. 전쟁이 끝나면…… 내가 남궁세가로 가마."

세월이 흐르면 잊을 거라 생각했다. 어제와 그제, 고통
스러웠던 기억과 지금 느끼는 풋풋한 감정을.

폭혈도가 돌아서 걸었다. 씁쓸하면서도 미소가 맺혔다.
자신 평생에 여인으로부터 고백 받는 날이 올 줄이야.

남궁소소가 외쳤다.

"약속한 거예요!"

폭혈도는 손을 흔들며 말없이 걸었다.

천류영은 개방과 하오문에서 받은 전서구를 비교하며
귀밑머리를 긁적거렸다.

지켜보던 조전후가 답답하다는 듯이 가슴을 치고 물었다.

"뭔 말이라도 어서 해주게. 궁금한 사람 숨넘어가겠어."

그의 재촉에 주변에 모여 있는 수뇌부들이 눈을 빛내며
천류영을 주시했다.

천류영은 쪽지를 내려놓으며 입을 열었다.

"역시 마교의 수석 군사 마갈이군요. 그 짧은 시간에
말을 천오백 필이나 구했습니다."

독고설이 눈살을 찌푸리며 말을 받았다.

"천하상회가 도와준 게 분명해요."

원래 예상은 일천여 필 정도였다.

천류영은 담담한 낯빛으로 독고설의 말을 받았다.

"그렇겠지. 어쨌든 일천오백의 기마대를 일군(一軍)으
로 편성시켜서 가장 빠르게 남하하고 있습니다. 일군의
군장은 혈누제 태상 장로. 뛰어난 무공에 과감한 결단력
까지 갖춰 종종 선봉장의 역할을 하는 인물입니다. 그러
면서도 신중함도 갖추고 있어서 뇌황 교주가 각별하게 아
끼는 측근이라는군요."

모두가 고개를 끄덕였다.

굳이 천류영의 설명이 없어도 혈누제 태상 장로는 중원 무림에도 이름이 널리 알려진 인물이었기에.

천류영은 막사 안에 걸린 지도를 보며 한곳을 짚었다.

"지금 마교의 일군이 여기에 있다니까, 사흘 정도면 만날 수 있겠군요."

아직 남궁세가의 비보를 듣지 못한 남궁수가 입을 열었다.

"계획대로 잘되겠지?"

천류영이 손으로 배를 쓰다듬으며 일어섰다.

"물론. 그래도 마교와의 서전(緖戰)인데, 처음부터 망칠 순 없지. 자자, 배고픈데 어서 나가서 밥이나 먹죠."

전혀 긴장하지 않은 표정의 그를 보며 수뇌부들이 씩 웃었다.

장득무가 주먹을 불끈 쥐며 호쾌하게 외쳤다.

"그렇죠! 밥을 먹고 힘을 내야 놈들을 놓치지 않고 쫓을 수 있지 않습니까?"

그의 말에 사람들이 웃었다.

그러나 한 명은 예외였다. 오늘 아침에 합류한 황걸 개방주의 제자이자, 개방을 물려받게 될 후개, 밀몽이었다. 그래서 작전의 세세한 부분은 아직 듣지 못한 상태였다.

밀몽이 황걸에게 물었다.

"사, 사부님, 제가 방금 잘못 들은 겁니까?"

사람들의 시선이 그에게 쏠렸다. 그러나 거지 출신답게 전혀 부끄러움을 느끼지 않고 계속 물었다.

"우리가 도망가고, 마교가 추격하는 것 아닙니까?"

독고설이 웃는 얼굴로 말했다.

"아뇨, 우리가 마교의 일군을 추격할 거예요."

밀몽이 검지로 자신의 귀를 후볐다.

"저들이 지금 우리를 잡으러 오는 거 아녔습니까? 상황이 그런데…… 우리가 그들을 쫓는다는 게 무슨 뜻인지? 아! 우리가 싸워 이기면 그들을 쫓을 수 있다, 뭐, 그런 뜻이군요."

독고설이 고개를 저으며 묘한 미소를 머금었다.

"아뇨, 싸우기 전에 그들이 도망칠 거예요. 그럼 우린 그들을 쫓고요."

밀몽이 기함했다.

"예에?"

천류영은 배고프다는 얼굴로 막사 밖으로 향하며 말했다.

"저들과 만나는 사흘 후부터는 열심히 추격해야 하니 체력을 잘 관리하라고 수하들에게 전파해 주십시오."

밀몽이 손을 번쩍 들며 외치듯 물었다.

"지금 다들 저를 놀리시는 거지요?"

밀몽을 보며 사람들이 폭소를 터트렸다. 밀몽이 당황하다가 피식 웃었다.

"농담이 맞지요?"

황걸이 그의 어깨를 툭툭, 치며 말했다.

"진담이다."

"말이 안 됩니다. 우리를 잡으려고 기세등등하게 남하하는 마교도들이 도망칠 리가 없잖아요?"

천류영이 막사의 천막을 들추며 대꾸했다.

"상황을 그렇게 만들면 되지요."

"예? 하지만 어떻게? 그리고 마교도들이 왜?"

그러나 천류영은 이미 나갔다. 그리고 다른 사람들도 일단 식사부터 하자며 막사 밖으로 우르르 나갔다. 밀몽이 멍한 얼굴로 천장을 올려다보며 중얼거렸다.

"뭐지? 상황이 이해가 되지 않는 내가…… 바보였나?"

무림서생 천류영을 무림에서도 군신이라 불리게 할, 천마신교와의 전투가 바야흐로 시작되고 있었다.

〈『패왕의 별』 3부, 제27권에서 계속〉